読んで味わう能の名句

森山泰夫

大修館書店

はじめに

能は、現存する世界最古の音楽劇で、歌詞も舞台も演出も、六百年前に咲いた花の姿を今もほとんどそのまま持ちつづけている貴重な芸能です。その台本にあたる謡曲は、古来の日本と中国の詩文を受け継ぎ発展させて、充実した文学世界を見せてくれます。しかし何しろ昔の文章で読みにくいので、読書の一環として謡曲を読む人はあまりないでしょう。これは惜しいことですので、謡曲の中の名句だけでも紹介したいと思います。

私の言う「名句」とは、読者に何か感動を与える短い文のことです。内容でも、イメージ（絵画性）でも、リズム（音楽性）でも、言葉遊びでも、広く集めるように心がけました。

引用した原文には現代語訳を添えましたが、言葉を補ってわかりやすくしました。

名句集の後に、能・謡曲に特有の事柄を四点ほど挙げて説明しました。理解の助けにしたり知識の整理に役立てたりして下さい。

なお、引用した謡曲の原文は、宝生流謡本からとりました。

目次

イラスト＝小林厚子

一

自然・風雅

半蔀

霞立《かすみた》てば、遠山《とおやま》になる朝《あさ》ぼらけ。

霞が立っているので、山が遠くなって見えるこの朝。

草紙洗《そうしあらい》

宮中の歌会で小野小町《おののこまち》は大伴黒主《おおとものくろぬし》に、作ってきた歌が盗作で、万葉集に載《の》っていると疑いをかけられるが、黒主が持ってきた万葉集の草紙を小町が洗うと、その歌は書き込まれたものと見えて、消えてしまう。じつは前日、小町が出来上った歌を自宅で朗詠するのを黒主が盗み聞きして、手持ちの万葉集に書き込んだのであった。黒主は自分の行為を恥じて自害《じがい》すると言うが、小町はおし止める。帝《みかど》も赦《ゆる》す。そこで小町は気持ちも新たに舞い謡う。引用はその謡いの一部で、晴れやかな、しかし遠慮がちな小町の心を映した一幅《いっぷく》の絵である。

日本人はかすんだ風景に特別の情緒を感ずる。『万葉集』以降、霞をうたった歌は数知れない。謡曲「融《とおる》」では次のように夕霞《ゆうがすみ》をうたっている。

「青陽《せいよう》の春の始めにはかすむ夕べの遠山」（「青陽の」は「春」の枕詞）

西洋人は霞に日本人ほど心を動かさない。英国詩人トマス・グレイの詩「田舎墓地のエレジー」の冒頭、「夕暮れの鐘、沈む日を弔い」を、明治の人矢田部良吉は、「山々かすみいりあひの／鐘はなりつつ」と、「山々かすみ」を入れて訳した。

忠度《ただのり》

行《ゆ》き暮《く》れて、木《こ》の下陰《したかげ》を宿《やど》とせば、花《はな》や今宵《こよい》のあるじならまし。

旅の途中で日が暮れて、桜の木の下に宿をとれば、桜の花が宿の主人になって、もてなしてくれるだろう。

究極の風流心。この和歌は『平家物語』にある忠度《ただのり》の作で、謡曲「忠度」創作のモチーフになっており、この曲のみならず、他の謡曲にもしばしば引かれている。

旅僧が西国《さいごく》に旅して須磨の浦（神戸市）に立ち寄ると、一人の老人が通りかかり、桜の木の下でねんごろに祈って、立ち去ろうとする。旅僧が老人を呼び止め、一夜の宿を乞うと、「この花の陰ほどいい宿はない」と言う。

僧が「でも、宿の主人は誰なのですか」と聞き返すと、「『行き暮れて……』と詠《えい》じた人が哀れにもこの苔の下にいる。回向《えこう》してください」と応じる。僧が「それは薩摩《さつま》の守《かみ》忠度の歌ではありませんか」と問うと、老人は忠度が一の谷（神戸市）の合戦で討たれ、縁者《えんじゃ》がそこにこの桜を植えたのだと言う。僧はねんごろに読経《どきょう》して弔《とむら》う。

老人は僧の回向《えこう》を喜び、夕闇に姿を消すが、じつは忠度の亡霊であった。

かつて桜の木の下で旅寝した歌人と、今やその木の下に埋《う》もれている歌人と！

巻絹《まきぎぬ》

や、冬梅《ふゆうめ》の匂《にお》ひの聞《きこ》え候《そうろう》。いずくにか候《そうろう》らん。

おや、冬梅の匂いがする。梅の木はどこにあるのかしら。

熊野神社に巻絹（巻いた絹の反物《たんもの》）を納める使者が、途中ふと思いついてまわり道をし、音無《おとなし》の天神《てんじん》へ参詣に行く。すると境内のどこからか、すがすがしい梅の香りがただよってくる。「匂ひの聞え候」という言葉づかいに注目したい（今日でも「香を聞く」「聞き酒」などという）。使者はこの境内で、

「音無にかつ咲き初むる梅の花匂はざりせば誰か知るべき」

（音無天神で梅の花が音もなくもう咲き出した。花が匂わなかったら誰がそれと知るだろう。）

と和歌を詠《よ》み、心の中で奉納する。匂いの感覚と風流心が生み出した一首である。

謡曲「弱法師《よろぼうし》」の盲目の法師も、寺の境内《けいだい》で梅の香に感じて言う、

「や、花の香の聞え候。いかさまこの花、散り方《がた》になり候《そうろう》、な。」

（おや、花の香りがします。さてはこの花、散り始めたようですね。）

香りが弱くなったのであろうか、弱法師は嗅覚《きゅうかく》で「散り始め」を感知している。

田村《たむら》

あらあら面白《おもしろ》の地主《じしゅ》の花《はな》の景色《けしき》やな。桜《さくら》の木《こ》の間《ま》にもる月《つき》の、雪《ゆき》も降《ふ》る夜嵐《よあらし》の、誘《さそ》ふ花《はな》とつれて散《ち》るや心《こころ》なるらん。

ああ、何とすばらしい地主権現《じしゅごんげん》の花の景色！　桜の木の間から洩れてくる月の光、花が雪と降る夜嵐。花が散るからそれに誘われて、私たちの心も浮き立つのだろう。

謡曲「田村」は、清水寺《きよみずでら》周辺の桜の美しさと観世音《かんぜおん》の恵みを讃《たた》え、また寺を寄進《きしん》した坂上田村麿《さかのうえのたむらまろ》の武勲《ぶくん》を讃える曲である。「地主《じしゅ》」とは地主権現のことで、清水寺の守り神。寺の本堂の背後に社《やしろ》があり、桜の名所として有名。次の文も「田村」の一部である。

「それ桜の名所多しといへども、大悲《だいひ》の光色《いろ》添ふゆえか、この寺の地主の桜にしくはなし。」

（そもそも桜の名所は数多いが、観世音の大きなお慈悲の光が色を添えているためか、この寺の地主権現の桜にかなうものはない。）

始めの引用文で、「桜」「月」「雪」は縁語《えんご》で、よく一緒に使われるが、これに「心」を加えて、花びらが散るように心も浮き浮きと散ってしまう、とした表現の妙味。

西行桜《さいぎょうざくら》

あらあら名残《なごり》り惜《お》しの夜遊《やゆう》やな。惜《お》しむべし、惜《お》しむべし、得難《えがた》きは時《とき》、逢《あ》ひがたきは友《とも》なるべし。春宵一刻直千金《しゅんしょういっこくあたいせんきん》、花《はな》に清香《せいきょう》、月《つき》に影《かげ》。春《はる》の夜《よ》の花《はな》の影《かげ》より明《あ》けそめて、鐘《かね》をも待《ま》たぬ別《わか》れこそあれ。

ああ、なごり惜しいなあ、今夜の遊興《ゆうきょう》！　なごりを惜しもう、惜しもうよ。得がたいのは好機、逢いがたいのは友であろう。春の宵《よい》はひとときが千両にも価《あたい》する。花には清らかな香りがただよい、月はおぼろに霞んでいる。春の夜は、まず桜の花が白んで見えると明け始める。（春の夜明けはこんなにもすてきなのに、世の中には）暁《あかつき》の鐘も待たずに愛する人と別れる場合もある。

老人姿の桜の精が西行法師《さいぎょうほうし》と交わりを得たことを喜び、いっしょに花の下で桜について語ったり、舞を舞ったりして一晩中楽しむ。この文は桜の精が別れを惜しんで言う言葉。

「春宵一刻直《あたい》千金、花に清香《せいきょう》、月に影」は、北宋《ほくそう》の詩人、蘇軾《そしょく》の「春宵《しゅんしょう》」から採ったもの。有名なこの句は、謡曲にもたびたび引用される。

「鐘をも待たぬ別れこそあれ」は、一夜を共にした恋人どうしが、暁《あかつき》の鐘（現在の午前六時ごろ）も待たずに別れなければならないこともある。だからいっそう、短い春の宵は思うぞんぶん楽しもう、という気持ち。

それ草木心《そうもくこころ》なしとは申《もう》せども、花実《かじつ》の時《とき》をたがへず、陽春《ようしゅん》の徳《とく》をそなへて、南枝花始《なんしはなはじ》めて開《ひら》く。

そもそも、俗に『草木《そうもく》心なし』とは言うけれども、草木《くさき》は花が咲き実のなる時を間違えずに、春になればその天性によって南側の枝に花が咲き始める。

ここで「徳」というのは（草木《くさき》の）「性質、天性」の意味であるが、「知恵、道徳、善行」といった意味も含まれていて、草木の開花・結実の時を守る知恵や、草木が人間に与えるさまざまな恵みを示唆《しさ》している。人間が時間とともに生活しているように、草木もまた季節や時間を忠実に守って生きている仲間である。人間が草木に尽してやれば、草木はいっそう人間を恵んでくれる。相互に尽し合う「徳」である。

「南枝《なんし》花始めて開く」の元歌は『和漢朗詠集』にある菅三品《かんさんぼん》（菅原文時《ふみとき》）の作である。

「誰か言つし春の色の東より到ると。露暖かにして南枝に花始めて開く」

（誰が言ったのだろう、「春のきざしは東から来る」などと。夜露が暖かみを増してくると、南向きの（梅の）枝に花が咲き始めるのに。）

この和歌は他の謡曲でも、春の到来や草木の心を教えるときなどによく用いられる。

高砂《たかさご》

松根《しょうこん》に倚《よ》って腰《こし》を摩《す》れば、千年《せんねん》の翠手《みどりて》に満《み》てり。
梅花《ばいか》を折《お》って頭《こうべ》にさせば、二月《じげつ》の雪衣《ゆきころも》に落《お》つ。

松の根もとに寄りかかって腰をさすったら、千年の松の緑が手いっぱいに満ちた。梅の花枝《はなえだ》を折って髪に挿したら、花びらが二月の雪のように衣に散りかかった。

十世紀の詩人尊敬《そんぎょう》（橘在列《たちばなのありつら》）の漢詩を『和漢朗詠集』から引用したもので、住吉明神《すみよしみょうじん》がこれをうたって舞う。

初めの文では、常緑の松に寄りかかって腰をさすったら、松の木の千年の生気が手に満ち、体に伝わったという。「翠《みどり》手に満てり」は、視覚の対象を触覚で捕えた新鮮な表現。

英国の詩人シェリーがこの、感覚の転換を得意とした。叙情詩「ヒバリに」にこれが多いが、例えば夕方ヒバリの美声がかすかに聞えるのを、

　言うなれば、露おく谷の／金色のホタル、／人目から姿を遮《さえぎ》る／花に草に／あるかなきかの彩《いろど》りをひそかに振り撒く。

と、聴覚の対象を微妙な色合いで視覚的に表現している。

引用の後の文はもっぱら風流な気分である。他の謡曲にもときどき登場する。

竹生島《ちくぶしま》

緑樹影沈《りょくじゅかげしず》んで、魚木《うおき》にのぼる景色《けしき》あり。月海上《つきかいしょう》に浮《うか》んでは、兎《うさぎ》も波《なみ》を走《はし》るか。面白《おもしろ》の浦《うら》の景色《けしき》や。

緑の木々の影が湖にうつって見え、魚がその木々に登るみたいだ。月影が湖上に浮かぶ時は、月の兎も波の上を走るか。何と面白い湖畔の景色か！

宮廷のお公家《くげ》さんが、琵琶湖に浮かぶ竹生島《ちくぶしま》の弁財天《べんざいてん》詣でに出かけ、岸辺まで来ると、年取った漁夫と若い女が船に乗って来た。公家も乗せてもらう。竹生島が見えてくると、老漁夫が右の引用文をうたう。水にうつる地上と空の景物（緑樹、月）の虚像を水中の景物（魚）の実像といっしょに描き、これに月の兎を連想して参加させた奇抜な描写である。

前時代にこうした叙景文や漢詩があって、それを利用したものらしいが、それにしてもこの珍しい光景にふさわしいほど、空は晴れ、水は澄んでいたわけで、聖なる島の背景として、適切で面白い文である。

船が島に着き、一同が社殿《しゃでん》まで来ると、女は扉を開いて中に入り、漁夫は湖に消える。そして中入り後、女は弁財天となり、男は竜神となって、舞いうたう。

賀茂《かも》の川波《かわなみ》糺《ただす》の森《もり》の緑《みどり》も夏木立《なつこだち》、涼《すず》しき色《いろ》は花《はな》なれや。

賀茂物狂《かものものぐるい》

鴨川の川波が立ち、糺《ただす》の森の緑も涼しい。森の夏木立の涼しい緑の色は、これもまさに花だなあ。

「糺《ただす》の森」は下鴨《しもがも》神社の神域《しんいき》の森。色とりどりの花の咲き乱れた春も終り、緑一色の夏木立となった。しかし夏木立の涼しい緑もまた花にほかならないと、すばらしい感覚を見せる。「高砂」の「千年の翠《みどり》手に満てり」（九ページ）を思わせる。「糺の森」は川風が木立を通って来て、涼むのにいい場所であった。

さてこの文は、旅に出ると言ったまま三年も帰らない夫を探して、下鴨神社にやってきた物狂いの女の言葉である。旅の疲れと熱気からいっとき開放されて、ほっとした気持ちも、この言葉から滲み出ている。祭礼（葵祭《あおいまつり》）の日というので、夫もまたここに来合わせ、妻に気づくが、始めのうちは人前をはばかって知らぬふりをしている（のちに名乗り、二人そろって我が家に急ぐ）。

文の技巧として、「賀茂の川波」の頭韻が調子よく、「川波糺《ただす》（立たす）の森」という言葉遊びが面白いし、節約表現にもなっている。

雨月《うげつ》

月《つき》は漏《も》れ雨《あめ》はたまれととにかくに、賤《しず》が軒端《のきば》を葺《ふ》きぞわづらふ。

月光は家の中に入ってほしい、雨は軒端にあたってほしいと、あれこれ言い合って、あばら家の軒《のき》端《ば》を葺《ふ》きかねている。

西行法師《さいぎょうほうし》が一夜の宿りにと思って訪れた田舎の家で、老夫婦が言い争っている。老人は雨のあたる音が風《ふ》情《ぜい》があっていいから軒《のき》を葺《ふ》こう（庇《ひさし》を作ろう）と言い、老婆は月の光が家に入って来る方がいいから軒はいらないと言う。西行が宿を乞うと、老人は、

「賤《しず》が軒端《のきば》を葺《ふ》きぞわづらふ」

という下の句に上の句をつけてくれれば泊めてあげようと言う。そこで西行は、

「月は漏れ雨はたまれととにかくに」（「たまれ」は「あたれ」の意）

とつけて、二人を感心させ、泊めてもらう。

折しも秋の満月の光が入り、落葉が村雨《むらさめ》（にわか雨）のような音をたてて、光と音の共演となる。

四季の移ろいの中に美を見出して楽しんだり、無常を感じたりして暮らしていた古人の、偉大な感性と徳性を絵にかいたような話である。こんにち、機械文明の生産物に日常の楽しみの大部分を負うている我々にとって、はっとするものがある。

姨捨《おばすて》

あら面白《おもしろ》の折《おり》からやな。
明《あ》けばまた秋《あき》の半《なか》ばも過《す》ぎぬべし、今宵《こよい》の月《つき》の惜《お》しきのみかは。

ああ、いい頃合いだこと。夜が明ければ、もう秋の半ばも過ぎてしまう。こよい十五夜の月が惜しいというだけではすまない。

仲秋の名月の宵《よい》に、信州（長野県）更科《さらしな》の姨捨山《おばすてやま》に住むという、昔捨てられた老女の霊が現れて、こう口ずさむ。これには元歌がある。

「明けば又秋の半ばも過ぎぬべし傾ぶく月の惜しきのみかは」（藤原定家《ていか》）

どちらも、「十五夜の月が沈めば秋も半ばを過ぎ、冬が迫って来る」意。

小説や映画にもなった「姥《うば》捨て伝説」は悲惨なものだが、能では趣きが異なり、老女の霊が名月を楽しみ、月の本地《ほんじ》（本体）である勢至菩薩《せいしぼさつ》を讃《たた》え、浄土《じょうど》についてうたう。

こう言うと、風雅《ふうが》と悟《さと》りの心が悲劇的情況をものともしないかのように思われるが、老女は最後には生前の思い出を懐かしみ、こううたう。

「返せや返せ、昔の秋を。」

この世に対する執着が根強く残っていて、悟りと執着の両面性が胸をうつ。

月《つき》は一《ひと》つ、
影《かげ》は二《ふた》つ。
みつ汐《しお》の、よるの車《くるま》に月《つき》をのせて、憂《う》しとも思《おも》はぬ汐路《しおじ》かなや。

空の月は一つでも、二つの桶に月影が二つ。満ち汐が寄せて来たこの夜、汐汲み車に月を乗せて運ぶ道は、つらくも何ともない。

二人の美しい海人乙女《あまおとめ》（実は、その霊）が、須磨の浦（神戸市）で海水を汲んで運ぶ。この三行はシテ（主役）と地謡《じうたい》（コーラス）の連吟《れんぎん》（交唱）である。情景を思い浮かべながらゆっくり読み直すと、素朴ゆえに貴い自然の美がよみがえって来よう。

汐汲みはつらい労働である。重い海水を塩屋《しおや》に運び入れ、釜で煮つめる。あるいは浜辺に山と積んだ海藻《かいそう》に海水を何度もかけて塩を取る。とてもきれいごとでは済まない。しかし優雅をいのちとする能では、乙女たちの清楚《せいそ》な姿といい、緩《ゆる》やかな身のこなしといい、汐汲み車の形や色彩といい、実に優美である。

「みつ汐」は「満つ汐」であるが、「一つ」「二つ」を受けて「三つ」と響かせる洒落《しゃれ》でもある。また「汐のよるの車」は「汐の寄る」と「夜の車」を兼ねている。

松風《まつかぜ》

松虫《まつむし》

面白《おもしろ》や、千草《ちぐさ》にすだく虫《むし》の音《ね》の、機織《はたお》る音《おと》は、きり、はたり、ちょう、きり、はたり、ちょう。つづりさせてふきりぎりす、ひぐらし。色々《いろいろ》のいろ音《ね》の中《なか》に、わきてわが偲《しの》ぶ松虫《まつむし》の声《こえ》、りんりん、りんりんとして、夜《よる》の声冥冥《こえめいめい》たり。

面白いなあ。さまざまな草に群がる虫の音《ね》には、機織《はたお》りに似て、きり、はたり、ちょう、きり、はたり、ちょうと鳴くものもある。「綴《つづ》り刺せ」と鳴くきりぎりす、ひぐらし。色々な音色《ねいろ》の中にあって、特に私が慕《した》う松虫の声はりんりん、りんりんと響き、夜の声が暗闇の中に鳴りわたる。

「松虫」は今の「鈴虫」、「きりぎりす」は今の「はたおり」にあたるという。

松虫（鈴虫）の音《ね》をしたって夜の野をさ迷っているうちに命を落した男が幽霊となって現れ、右のようにうたう。

「きり、はたり、ちょう」は、本来機織りの擬音で、謡曲「呉服《くれは》」「錦木《にしきぎ》」などにも出てくるが、虫の音としても使われる。「つづりさせ」（綴り刺せ）も擬音。

「冥冥《めいめい》たり」は「真っ暗だ」の意。「夜の声冥冥たり」は「夜の虫の音が黒々と聞こえる」と、聴覚表現を視覚表現に転換して、面白い。（九ページ参照）

羽衣《はごろも》

天《あま》の羽衣《はごろも》、浦風《うらかぜ》にたなびきたなびく。三保《みお》の松原《まつばら》、浮島《うきしま》が雲《くも》の、愛鷹山《あしたかやま》や富士《ふじ》の高嶺《たかね》、かすかになりて、天《あま》つみそらの、霞《かすみ》にまぎれて失《う》せにけり。

天の羽衣は、浦吹く風にさかんにたなびく。三保の松原から浮島が原、さらに雲の流れる愛鷹山《あしたかやま》から富士の高嶺《たかね》へと天人は舞い上がり、その姿は次第にかすかになって、ついに大空の霞にまぎれて見えなくなった。

「羽衣」の最後の場面。東国《とうごく》随一の景勝地を背景に、天人が舞いながら消えて行く数分間の描写である。富士の南の裾野《すその》に「浮島が原」という帯《おび》状の海岸低地があり、その北に「愛鷹山」がある。

「雲の愛鷹山」は「雲の足」（雲の動き、の意）を含み、愛鷹山にかかる雲が動いていることを示す。このひそかな言葉遊びは、静かな風景の中をたなびきながら昇って行く羽衣のほかに、もう一つの「動」を加えている。

ところでこの雄大で優雅な風景は、下界の人（ワキの漁夫白竜《はくりょう》）が眺めていると見るよりは、中空《ちゅうくう》の天人が見下ろしていると見るほうがよい。特に三保の松原は、空からでないと一望に収めることはできない。

若菜摘《わかなつ》むいく里人《さとびと》の跡《あと》ならん、雪間《ゆきま》あまたに野《の》はなりぬ。

道《みち》なしとても踏《ふ》み分《わ》けて、野沢《のざわ》の若菜《わかな》今日《きょう》摘《つ》まん。

求塚《もとめづか》

若菜摘みの里人が何人も踏んで行った跡でしょう、野には雪の消えた所がたくさん出来ました。この先、雪のために道がなくても、踏んで道をつけて、沢地《さわち》の若菜を今日のうちに摘みましょう。

早春の生田《いくた》（神戸市）の野辺で、若い女たちがお惣菜にする若菜を摘んでいる。野菜の乏しい時期の、まだ雪の残っている冷たい野辺の仕事であるが、能は美しい娘たちを登場させて、この若菜摘みをも一幅《いっぷく》の優雅な絵に仕立てる。

「若菜」の代表は七草（せり、なずな、ごぎょう、はこべら、ほとけのざ、すずな、すずしろ）であろう。このうち、「すずな」は蕪菜《かぶな》、「すずしろ」は大根（の葉）であるが、今日のように品種改良したおいしい物ではなかった。あとは雑草である。

この文の前半は、

「若菜摘む幾里人《いくさとびと》の跡ならむ雪間あまたに野はなりにけり」（藤原為家《ためいえ》）

という早春の喜びの歌である。「幾里人」に「行く里人」を絡ませている。

半蔀《はじとみ》

忘《わす》れぬは、源氏《げんじ》この宿《やど》を見初《みそ》め給《たま》ひし夕《ゆう》つ方《かた》、惟光《これみつ》を招《まね》き寄《よ》せ、あの花折《はなお》れと宣《のたま》へば、白《しろ》き扇《おうぎ》のつまいたうこがしたりしに、この花《はな》を折《お》りて参《まい》らする。

忘れられないのは、源氏がこの家を初めてご覧になった夕方のこと。惟光を招き寄せ、あの花を折って来いとおっしゃいました。そこで私は、縁《ふち》に深く香《こう》を焚《た》きしめた白い扇にこの花を折ってのせ、惟光さまにお渡ししました。

こう話しているのは、かつて源氏と情を交わした「夕顔の上《うえ》」の霊である。「惟光《これみつ》」というのは源氏の乳母の子で、源氏のおそば近くに仕えている人。「あの花」とは夕顔（ひょうたん）の花のことである。少女は、この花を折って源氏に差し上げるのに、香《こう》の香りをしみ込ませた白い扇にのせて惟光に渡した。

平安時代、上流の人々が香をたしなむのは、日常のことであったが、庶民の娘が香を焚《た》きしめた扇を用いたのは、源氏にとって驚きであったろう。優雅な習慣を身につけていた少女である。

この後、源氏が花の名を少女に聞き、少女が「夕顔の花」と教えたのが縁で、二人はむつまじい仲になる。「つま」は「へり、縁《ふち》、端《はし》」などの意。

景清《かげきよ》

目《め》こそ闇《くら》けれども、人《ひと》の思《おも》はく一言《いちごん》のうちに知《し》るものを。
山《やま》は松風《まつかぜ》、すは雪《ゆき》よ、見《み》ぬ花《はな》の、さむる夢《ゆめ》の惜《お》しさよ。

目こそ見えないが、人の思っていることは一言《ひとこと》聞けばわかるのだ。「山の松風の音が聞こえる」「あれ、雪になった」「花が咲いた」と、目には見えなくとも、夢に見る。そうした花やかな夢の覚めるのが惜しくてならない。

平家の武将景清は、一門の没落後日向《ひゅうが》（宮崎県）に流され、あばら家にひとり住んで年月を送っている。今は見る影もなくやせ衰え、盲目になった。そこへ、鎌倉から一人娘が土地の人に案内されてやって来る。この文は、景清が土地の人に言う言葉。

五感の一つが失われると、他の感覚がすぐれて鋭敏になることはよくある。景清も例外ではないが、ここで彼が言っている大事なことは、自然美の移り変りを頭の中で思い描く、想像や夢想（「見ぬ花」）が楽しく、覚めるのが辛いことである。

「山は松風、すは雪よ」「雪よ、花よ」「雪も花も私の目には見えない」「花の夢」「夢のさむる惜しさよ」というようなイメージの連鎖《れんさ》を、切り詰めて言い表した文章に妙味がある。

大原御幸《おはらごこう》

一宇《いちう》の御堂《みどう》あり。甍破《いらかやぶ》れては霧不断《きりふだん》の香《こう》を焼《た》き、枢落《とぼそお》ちては月《つき》もまた常住《じょうじゅう》の燈《ともしび》をかかぐとは、かかる所《ところ》か、物《もの》すごや。

ここに一つのお堂がある。瓦が壊れているから霧が入って、たえず香を焚いているように立ち籠《こ》め、扉が朽ち落ちているから月光が入って、いつも灯火《ともしび》をともしているように明るいとは、こういう所のことか、何とも寂しいことだ。

高倉天皇の中宮《ちゅうぐう》（皇后）であった建礼門院《けんれいもんいん》は、平家滅亡の際、幼い安徳《あんとく》天皇とともに壇之浦（下関市東方の海上）に身を投げたが、意に反してひとり源氏方に助けられてしまい、出家して京都大原の寂光院《じゃくこういん》の庵《いおり》でわびしく暮らしている。

初夏のころ、義理の父にあたる後白河《ごしらかわ》法皇が慰めに訪問されて、わび住まいを眺め、嘆息《ためいき》まじりに漏らされたのがこの言葉。この話は平家物語からの引用である。

荒れ果てたあばら家であるが、これを描写するのに、屋根の穴から入り込む霧を香の煙に例えたり、壊れた扉からしのび込む月光をともし火に例えたりして、暖か味を出している。逆境を別の角度から見直して、風趣《ふうしゅ》に転換するセンスが見どころ。ほんのりとユーモアさえ感じさせる名文である。

その時《とき》千手《せんじゅ》立《た》ち寄《よ》りて、妻戸《つまど》をきりりと押《お》し開《ひら》く。簾《みす》の追《お》ひ風《かぜ》匂《にお》ひ来《く》る。花《はな》の都人《みやこびと》に、恥《は》づかしながら見《み》えん。げにや東《あずま》のはてしまで、人《ひと》の心《こころ》の奥深《おくふか》き。その情《なさけ》こそ都《みやこ》なれ。

千手《せんじゅ》

その時千手は立って（重衡《しげひら》に）近寄り、両開きの戸をぎいっと押し開いた。すると簾《みす》の向うから、衣に焚《た》き込めた香の香りが風に運ばれて来た。田舎者で恥ずかしいけど、花の都人にお目にかかりましょう。ほんとに、東国《とうごく》の果て（の鎌倉）までお出でになっても、重衡様のお心は果てしなく奥深い。奥深い情緒こそ都人のもの。

見みゆ――双方で見合う、面会する。

平重衡《たいらのしげひら》（清盛の子）は合戦《かっせん》で捕えられ、鎌倉の頼朝の家来に預けられた。頼朝はふびんに思い、白拍子《しらびょうし》（舞子）の千手を遣《つか》わして重衡を慰めることにした。はじめ重衡は気落ちして、千手と会うのを断わったが、千手が「頼朝の命《めい》で琵琶《びわ》と琴を持って来ました」と伝えると、ようやく対面する気になる。千手が戸をあけると、風に運ばれて香の香り。

捕われの身で東国まで来て、なお香をたしなむ重衡の優雅な習慣よりも、それをこの上なく奥ゆかしく思う千手の謙遜で純情な心が胸をうつ。

邯鄲《かんたん》

夜《よる》かと思《おも》へば昼《ひる》になり、昼《ひる》かと思《おも》へば月《つき》またさやけし。
春《はる》の花《はな》咲《さ》けば紅葉《もみじ》も色濃《いろこ》く、夏《なつ》かと思《おも》へば雪《ゆき》も降《ふ》りて、
四季《しき》折々《おりおり》は目《め》の前《まえ》にて、春夏秋冬万木千草《しゅんかしゅうとうばんぼくせんそう》も一日《いちじつ》に花咲《はなさ》けり。面白《おもしろ》や。

夜かと思うと昼になり、昼かと思うと月がまた明るく輝く。春の花が咲いたと思うと濃い紅葉の色が現れ、夏かと思うと雪の冬になり、四季折々の光景が次々に目の前に現れて、春夏秋冬の木も草もみな一日のうちに花が咲く。いや、面白い！

中国の蜀《しょく》の国の盧生《ろせい》という者が楚の国の邯鄲《かんたん》（今の河北省）の里に宿をとった時、宿の主人にすすめられて「邯鄲の枕」で眠ると、夢の中で皇帝の位につき、五十年のあいだ栄華をきわめる。盧生は衣食住や側仕《そばづか》えなど、あらゆる面で最高のぜいたくを楽しみ、四季の美をいっときのうちに眺めるという超自然的な体験をするが、目覚めてがく然とし、「五十年の栄華も一睡《いっすい》の夢」であったと自覚する。

この話は普通、「無常」を自覚する物語として道徳性が重視されるが、右の例文では、目まぐるしく移り変る四季や昼夜を、「月・花・紅葉・雪」といった素朴な様式美で簡潔にまとめた手法に注目したい。

岩船《いわふね》

春《はる》の夜《よる》の一時《ひととき》を、千金《せんきん》をなすとても、たとへはあらじ。
住吉《すみよし》の松風《まつかぜ》あたひなき、金銀珠玉《きんぎんしゅぎょく》いかばかり。

春の夜のひとときは金貨千枚を出してもとうてい買えない。住吉明神の松風の音も値《ね》のつけようがない。金銀珠玉をどれほど積めばこれに匹敵しようか。

時の帝《みかど》の命令で、住吉（大阪府）の海辺《うみべ》に市《いち》を作り、高麗《こうらい》や唐土《とうど》と貿易をして宝を買い取ることになった。命《めい》を受けた臣下が住吉に来ると、一人の童子《どうじ》が銀皿に玉を捧げ持っている。何者かと問うと、栄える御代《みよ》を祝いに来た者で、この宝玉《ほうぎょく》を帝に献上したいと言い、御代を讃え、住吉の前途を祝福する。引用文は、この時の童子の言葉の一部。

はじめの文は、蘇軾《そしょく》の有名な詩行、「春宵一刻直千金《しゅんしょういっこくあたいせんきん》」（七ページ参照）を言い換えたもの。童子は住吉の春の宵《よい》の神々《こうごう》しい美しさを絶賛する。

やがて沖合に岩船（高天原《たかまがはら》から神が降臨《こうりん》されたときの船）の影が見えると、この童子は「その岩船を漕ぎ寄せし天《あま》の探女《さくめ》は我ぞかし」と言って消える。

中入り後、竜神が現れ、「引けや岩船」と掛け声を掛けると、八大竜王《はちだいりゅうおう》が飛来し、宝の岩船を住吉の岸に引き寄せる。

桜川《さくらがわ》

それ水流《すいりゅう》花《はな》落《お》ちて、春《はる》とこしなへにあり。
月《つき》凄《すざま》じく風《かぜ》高《たこ》うして鶴《つる》かへらず。岸花《がんか》紅《くれない》に水《みず》を照《て》らし、
洞樹《とうじゅ》緑《みどり》に風《かぜ》を含《ふく》む。山花《さんか》開《ひら》けて錦《にしき》に似《に》たり。澗水《かんすい》たたへて藍《あい》の如《ごと》し。

ほら、水の流れに花が散って、（いつまでも美しく流れ、まるで）永遠の春だ。（だけど）月が淋しげに見えるし、風が強く吹くので、鶴（我が子）は帰って来ない。岸辺の花が映って水は紅《くれない》に輝き、岩間の緑の木々に風が吹く。山は花が咲いて錦のよう。また谷川は水を湛《たた》えて、まるで藍《あい》の色。

貧しい家を救おうと、我が身を人買い商人に売り、身代金《みのしろきん》と手紙を置いて去った一子《いっし》桜子《さくらご》を探して、物狂いとなった母親が、常陸《ひたち》の国（茨城県）の桜川までやって来る。

今まさに桜の季節。女は川に散る花びらを網ですくいながら、嘆きの歌をうたう。冒頭の引用は、この時の歌の一部である。歌とは言え、春の風景を漢文調でうたっている。

第二文はこの時の実景ではなく、何かの引用か改作であろう。我が子を鶴に置きかえ、子が母のもとに戻って来ないことを暗に嘆いている。

ところで桜子は、近くの寺の住職の弟子になっていて、めでたしの親子再会となる。

散《ち》りもせず咲《さ》きも残《のこ》らぬ花盛《はなざか》り、四方《よも》の梢《こずえ》も一入《ひとしお》に匂《にお》ひ満《み》ち、色《いろ》にそふ情《なさけ》の道《みち》に誘《さそ》はるる、老《おい》な厭《いと》ひそ花心《はなごころ》。

小塩《おしお》

まだ散った花もなく、咲き残っているつぼみもない満開の花盛りだ。あたりじゅうの花の梢も一段と匂いに満ち、色つやを増した。そんな花の情趣につい誘い込まれているこの老人を、老人だからといって嫌ってくれるな、花よ。

ある男が京都の西部に広がる大原野《おおはらの》の花を眺めに出かけると、桜の枝をかざした老人に逢《あ》う。老人はいかにも花盛りを楽しんでいる様子で、桜を詠《よ》んだ古歌《こか》をうたう。右の引用は、これに続く老人の言葉である。桜の花によせる人の感懐は、大きく分けて「はなやかな春の喜び」（歓喜）と、「早すぎる凋落《ちょうらく》の無常」（悲哀）の二つになるであろう。ところが、この老人は花に女の色香を感じて、「老人だからといって嫌ってくれるな」と言っている。これはユニークな感じ方である。国内外の詩歌にこういう感覚でうたった作品があるだろうか。

桜の枝をかざして歩くことからもわかるが、この老人の気持ちの中には若さが漲《みなぎ》っている。それもそのはず、彼は恋愛と歌詠みの名手、在原業平《ありわらのなりひら》の霊魂だった。

箙《えびら》

時《とき》も昔《むかし》の春《はる》の、梅《うめ》の花盛《はなざか》りなり。
一枝《ひとえだ》手折《たお》りて箙《えびら》にさせば、もとより窈窕《ようちょう》たる若武者《わかむしゃ》に、
相逢《あいあ》ふ若木《わかき》の花《はな》かづら、かくれば箙《えびら》の花《はな》も源太《げんだ》も我先《われさき》かけん、
さきかけんとの、心《こころ》の花《はな》も梅《うめ》も、ちりかかって面白《おもしろ》や。

むかし同様今は春で、梅の花盛りだ。一枝折って箙《えびら》（矢を入れて背負う入れ物）に挿すと、言うまでもなく柔軟で美しい若武者にふさわしい若木の花飾りになる。花飾りを掛けたのだから、箙の花も源太も我先に駆けよう、冬に咲きかける梅のように先駆《さきが》けの功名《こうみょう》を立てようと勇む。勇んだ心も花も、敵の上に散りかかって、愉快だ。

旅僧が生田川《いくたがわ》（神戸市）のほとりで、見事に咲いた梅を眺めていると、里人《さとびと》が通りかかって由来《ゆらい》を語る。これは「箙《えびら》の梅」といって、むかし源氏方の梶原源太景季《かじわらげんだかげすえ》が梅の花をひと枝箙に挿《さ》して出陣し、大いに手柄を立てたので、後世の人は名将の古跡の花として大事にしているのだと言う。里人は景季の幽霊であった。僧が夜通し跡を弔《とむら》っていると、景季は箙に梅の花を挿して出陣した若武者の姿で現れ、生田川で功名を立てた合戦《かっせん》の様を演じて見せる。引用の原文は、この時の景季の言葉の一部である。梅と景季が先陣を争っているような書き方が面白い。

二

思慕・恋慕

松風

夏果《なつは》つる扇《おうぎ》と秋《あき》の白露《しらつゆ》と、いづれか先《さき》におき臥《ふ》しの床《とこ》冷《すさま》じや。独《ひと》り寝《ね》のさびしき枕《まくら》して、閨《ねや》の月《つき》を眺《なが》めん。

班女《はんじょ》

夏が終わって扇をしまうのと、秋になって白露が置くのと、どちらが先なのかしら。（あの方に捨てられて）起き臥《ふ》しする床の、何という興ざめ。独り寝のさびしい枕で、寝室から月を眺めよう。

宿場の遊女が、旅の途中に立ち寄った貴族と深い契《ちぎ》りを交わしたのに、彼は扇を形見に置いて行ったまま姿を見せない。白露の置く秋が来ればもう、扇を手にしているわけにゆかない。今夜の月はあの人と二人で眺めたい名月だが、仕方がない、独《ひと》りさびしく横になって眺めていよう、と恋人のいない切なさと孤独感を、秋の季節によせてつぶやく。

引用の初めの文は、古歌に拠《よ》っている。

「夏果つる扇と秋の白露といづれかまづは置かんとすらん」（壬生忠岑《みぶのただみね》）

元歌にもパロデイーにも、「扇を置く」「霜が置く」の掛け言葉があるが、ほかにパロデイーの方は「秋」が「飽き」を、「白露」が「しらく（興がさめる）」を連想させる。

班女《はんじょ》

げにや祈《いの》りつつ、御手洗川《みたらしがわ》に恋《こい》せじと誰《たれ》かいひけん、空《そら》ごとや。されば人心《ひとごころ》、真少《まことすく》なき濁江《にごりえ》の、すまで頼《たの》まば、神《かみ》とても受《う》け給《たま》はぬは理《ことわ》りや。

実際、御手洗川に身を清めて神に祈り「もう恋はすまい」とは誰が言ったのでしょう。うそにきまっています。だから人の心は誠実さの乏しい、濁ったもの。澄んでいない心で神にお願いしても、神とてお受けにならないのは道理です。

御手洗川《みたらしがわ》――特定の川ではなく、神社の近くの清めの川。

旅の途中の貴族が、遊女と後日の再会を約束して、形見に扇をくれて行ったのに、いつになっても来てくれない。遊女は扇を眺めてはため息をつく日々を重ねている。

この文は、次の古歌を思い出して、恋が不可避であることを述べたものである。

「恋せじと御手洗川にせし禊《みそ》ぎ神は受けずぞなりにけらしも」(『古今和歌集』読み人知らず)

(もう恋はすまいと誓って、御手洗川で体を洗い清めたが、その誓いを神はお受けにならなかった――またしても恋に落ちてしまった。)

なお「班女」では、後日恋人の貴族が旅の途中にふたたび姿を見せて、遊女と再会を喜び、共に連れ立って行く。

六浦《むつら》

秋《あき》の夜《よ》の、千夜《ちよ》を一夜《ひとよ》に重《かさ》ねても、言葉残《ことばのこ》りて鳥《とり》や鳴《な》かまし。

秋の夜長を千夜《せんや》重ねたほどの長い夜でも、まだ私の話が終わらないうちに、明け方の鳥が鳴くでしょう。

秋、相模《さがみ》の国（神奈川県）六浦《むつら》の里で、旅僧が一本だけ紅葉しない楓《かえで》の木を見つけて、そばに来た中年女性にそのわけを聞く。答はこうであった。

この楓はある秋、ほかの木に先がけて美しく紅葉したところ、旅の貴族にみごとな和歌を頂戴し、栄誉はこれで十分と、その後は色づくのを遠慮しているのだ、と。

この女性は実は楓の精で、夜また現れ、四季折々の草木についてうたいながら、優雅な舞を見せる。そして「草木も成仏《じょうぶつ》を望んでいます、私にも仏法《ぶっぽう》を授けて下さい」と願った後、やがて夜明けが近いことに気づき、右の歌をうたう。話したいことは山ほどあるが、まもなく朝の鳥が鳴くだろう、人目につくのは恥ずかしい、というのである。

この歌は、もともと恋人どうしの朝の別れの辛《つら》さを詠んだ歌とされているが、「六浦」では拡大解釈している（歌の出典は不明）。

げにや別《わか》れよりまさりて惜《お》しき命《いのち》かな。君《きみ》にふたたび逢《あ》はんとぞ思《おも》ふ行末《ゆくすえ》。

ほんとに、お別れの名残り惜しさよりも命の方が惜しうございますわ。生きていて、行く末には再びわが君にお逢いしたいものです。

兄頼朝との間に不和が生じ、都落ちした義経の一行は、尼ヶ崎（兵庫県）の海岸に着く。ここで同行の静《しずか》を都へ帰すことになるが、静は別れを悲しみながらも、道中の危険を考え、思い直してこのように述べる。これには、実は元歌がある。

「別れよりまさりて惜しき命かな君にふたたび逢はんと思へば」（藤原公任《きんとう》）

情況にぴったりの引用であるが、末尾を「行末」と変えたところに、静《しずか》が義経一行の長期にわたる難儀を推察する気持ちがこもっている。

武士は命を捨てることを意に介さなかったが、女性の静《しずか》は、命をだいじにして再び愛する主君に逢うことを望む。無理をしない、自然な情念がいい。

白拍子《しらびょうし》（舞子）の静《しずか》はこの後、一行の要望にこたえ、別れの辛《つら》さに耐えながら、心をこめて舞を舞う。「舟弁慶」前場《まえば》の見せ所である。（八七ページ参照）

筒井筒《つついづつ》、井筒《いづつ》にかけしまろがたけ、生《お》ひにけらしな、妹見《いもみ》ざる間《ま》に。

井筒《いづつ》

（幼いころ）井筒と背比《せいくら》べした私の背丈《せたけ》も、もう井筒を越してしまったようです、あなたにお会いしないでいるうちに。

井筒――（木や竹で作った）井戸の囲い。　妹《いも》――妻や恋人のことを親しみを込めて言う言葉。

在原業平《ありわらのなりひら》は幼いころ、隣家の娘と、井戸に影を映すなどして遊んでいたが、物心がついてからは恥ずかしくて、互いに逢うのを避けていた。しかし業平は恋心がつのり、このような歌を書いて相手に伝えた。これに対する娘の返歌は、

「くらべこし振り分け髪も肩過ぎぬ君ならずして誰かあぐべき」

（あなたとくらべ合ってきた私の振り分け髪も伸びて、もう肩を越しました。あなたでなくて誰が結《ゆ》い上げてくれるでしょうか。）

と、成人の儀式の髪上げ（垂れ髪を結い髪にすること）に言及して、相手の恋を受け入れる気持ちを述べたのであった。「振り分け髪」は肩までの長さに切り、左右に分けて垂らした髪。話全体の出典は『伊勢物語』。

楊貴妃《ようきひ》

その初秋《はつあき》の七日《なぬか》の夜《よ》、二星《じせい》に誓《ちか》ひし言《こと》の葉《は》にも、
天《てん》にあらばねがはくは、比翼《ひよく》の鳥《とり》とならん、
地《ち》にあらば願《ねが》はくは、連理《れんり》の枝《えだ》とならんと誓《ちか》ひし事《こと》を、ひそかに伝《つた》へよや。

あの初秋、七月七日の夜に、私たちが牽牛《けんぎゅう》・織女《しゅくじょ》の二つの星に誓った言葉の中で、天上にいるなら、願わくは翼を並べた鳥になろう、地上なら、願わくは両側から伸びてつながった二本の枝になろう、と誓い合ったことを、ひそかに我が君に伝えて下さい。

唐の玄宗《げんそう》皇帝は、愛する楊貴妃を失った悲しみ断ちがたく、方士《ほうし》（神仙術士《しんせんじゅつし》）を楊貴妃の探索に向かわせた。方士は天上界から地下の黄泉《よみ》の国をへて、常世《とこよ》の国（不老不死の国）に到り、そこの蓬莱宮《ほうらいきゅう》において、生前同様に美しい楊貴妃に逢うことができた。

方士は皇帝の深い情愛を伝えたのち、貴妃に逢ったという証拠の品がほしいと言う。すると貴妃は頭から釵《かんざし》を取って与えた。しかし方士は、これでは証拠にならぬから、ご両人がひそかにお誓いになった事があれば、それをお聞かせ下さいと言う。それに対する貴妃の答がこの文である。唐詩人白居易《はくきょい》の「長恨歌《ちょうごんか》」からの引用。

「楊貴妃」は道教《どうきょう》説話に基づいた、珍しい能である。

砧《きぬた》

月《つき》の色《いろ》、風《かぜ》のけしき、影《かげ》におく霜《しも》までも、心凄《こころすご》きをりふしに、砧《きぬた》の音《おと》、夜嵐《よあらし》、悲《かな》しみの声《こえ》、虫《むし》の音《ね》、まじりて落《お》つる露涙《つゆなみだ》。ほろほろ、はらはらはらと、いづれ砧《きぬた》の音《おと》やらん。

月の色、風のけはい、月光のもとの地上の霜までも、この上なく心寂しい折しも、砧の音に夜嵐の音、それに、悲しい泣き声に虫の音もまじって聞こえ、乱れ落ちる露と涙。ほろほろ、はらはらと――いったいどれが砧の音かしら。

砧―布を柔らかくしたり艶《つや》を出したりするために、棒で打つこと。

夫が訴訟の件で都に上ったきり、故郷の九州に住む妻のもとに三年あまりも帰って来ない。夫の使いが来て、暮れには帰ると伝えたので、やるせなく砧を打って過ごしていたが、また別の使者が来て、暮れにも帰国できないと言う。妻は落胆のあまり床に臥し、やがて帰らぬ人となる（そして、後場《のちば》に亡霊となって現れ、夫に恨み言を言う）。

引用文では、木枯し吹く月の白い夜に、嵐の音に自分のすすり泣きの声や虫の音がまじって、砧の音が聞き分けられないという。「乱れ落ちる露と涙」も音を立てているように感じられる。絶望的な人妻の心の乱れを音の乱れで表象している。

小督《こごう》

いざいざさらば琴《こと》の音《ね》に立《た》てても忍《しの》ぶこの思《おも》ひ、せめてやしばし慰《なぐさ》むと、かきならす琴《こと》のおのづから秋風《あきかぜ》にたぐへば、鳴《な》く虫《むし》の声《こえ》も悲《かな》しみの秋《あき》や恨《うら》むる、恋《こい》や憂《う》き。

では、いっそのこと琴の音を高めて切なさに耐えようと、こう思いながらも、せめて少しの間でも心を慰めようと琴をかき鳴らすと、琴の音が自然に秋風に伴うので、鳴く虫の音も悲しげに聞こえる。虫は悲しい秋を恨んで鳴くのか、恋がつらくて鳴くのか。

たぐ（類）へば――伴うので、一緒になるので。

小督《こごう》の局《つぼね》は、高倉天皇のおそば近くに仕えて寵愛《ちょうあい》され、みずからも帝《みかど》を敬愛していた。しかし中宮《ちゅうぐう》（皇后）が清盛の娘であることを気づかって、小督は嵯峨野の奥に身をひそめた。帝《みかど》はこれを聞いて深く悲しみ、おそば役人の仲国《なかくに》に小督の消息を尋ねさせる。

満月の夜、仲国は聞きなれた琴の音をたよりに小督を探し当て、「帰るように」との帝の情愛を伝える。

この文で小督は、帝を恋い慕う辛《つら》さを淋しい虫の音の中に見て、虫を憐れむことにより、悲しみを紛らそうとしている。

定家《ていか》

あだし世《よ》のあだなる中《なか》の名《な》は洩《も》れて、よその聞《きこ》えは大方《おおかた》の空恐《そらおそ》ろしき日《ひ》の光《ひかり》、雲《くも》の通《かよ》ひ路《じ》絶え果《は》てて、乙女《おとめ》の姿《すがた》とどめえぬ心《こころ》ぞつらき、諸共《もろとも》に。

はかないこの世のはかない二人の仲のことは名とともによそに洩れて、うわさは広がり、そら恐ろしい気持ちで日々を送ることになりました。空で日光が雲に覆われるように、二人の逢う瀬は無くなって、（わたし式子《しょくし》内親王は）乙女の姿を保ち得ず（やがてこの世を去りましたが）、共々つらい思いをいたしました。

式子《しょくし》内親王（後白河天皇の皇女）と藤原定家はたがいに愛し合ったが、世間のうわさに悩まされてか、やがて内親王は逝去された。定家は内親王の約四十年後に亡くなったが、死後も内親王への思い断ちがたく、定家葛《ていかかずら》（つる性の木）となって、内親王の墓を覆ったという。この文は、内親王の霊が旅僧に語る言葉。中入り後、内親王の霊は身を固くして現れ、旅僧に苦しみを訴えて、回向《えこう》を乞う。

この文は冒頭、「**あ**だし世の**あ**だなる**な**かの**名**は」と「あ段」の音を揃えて調子よく、響きを大らかにしている。また後半は、『古今和歌集』の「あまつ風雲のかよひ路吹きとぢよをとめのすがたしばしとどめん」（良岑宗貞《よしみねのむねさだ》）を連想させる。

錦木《にしきぎ》

舞《まい》を舞《ま》ひ、歌《うた》を謡《うと》ふも、妹背《いもせ》の媒《なかだち》立《た》つるは錦木《にしきぎ》。

このように舞を舞い、歌をうたって夫婦の契りを喜ぶことができるのも、仲立ちとして立てた錦木が仲を取り持ってくれたおかげだ。

旅僧が東北を旅して、若い男女に出会う。男の話によると、昔からこの地方では、恋する男は相手の女の家の前に錦木を立ててプロポーズした。これを家の中に取り込んでもらえれば承諾されたことになるのだが、ある男などはこれを毎晩立て続けて三年に及び、その数は千本にもなったという。

旅僧はその哀れな男を供養《くよう》したいと、長い道のりを案内してもらって夕暮れに墓に着くと、二人は墓の中に消えてしまう。話の中の二人の霊だったのである。

暗闇の中で僧が回向していると、二人の亡霊が現れる。男は「ありがたいお経のおかげで私達は今こそ婚礼を挙げることができます」と喜んで、盃を手に舞い謡うのであった。ここに掲げた短い文は、この時の男の言葉である。

生前思いの叶《かな》わなかった男女が死後に添い遂げるという、四次元的ロマンス。明治時代に日本に来ていた美術史家、アーネスト・フェノロサが特別に愛した曲であった。

杜若《かきつばた》

唐衣《からころも》着《き》つつ馴《な》れにし妻《つま》しあれば、遥々《はるばる》きぬる旅《たび》をしぞ思《おも》ふ。

着馴れた着物のように慣れ親しんだ妻を（都に）残して来たので、はるばるやって来たこの旅の寂しさが心にしみる。

旅僧が三河の国（愛知県）八橋《やつはし》で、かきつばたの花を眺めていると、若い女が話しかけてきて、ここがかきつばたの名所であることや、『伊勢物語』によれば、在原業平《ありわらのなりひら》が「かきつばた」の五文字をそれぞれの句の上に置いて旅の心を詠んだことなどを聞かせる。これが右の歌である。

この歌は、『伊勢物語』のほか、『古今和歌集』にもあり、謡曲では業平を題材にした曲にときどき出てくる。「かきつばた」の五文字を五・七・五・七・七の各句の頭に配して詠むという技巧もみごとであるが、長旅にあって愛妻を偲ぶ気持ちを、すんなりと表現している（「唐衣《からころも》」は「着つつ」の枕詞。また、「着つつ」に「来つつ」を、「きぬる」に「来ぬる」と「着ぬる」を含ませて、洒落《しゃれ》ている）。

さて女は僧を我が家に案内すると、美しい衣と冠《かんむり》をつけて、かきつばたの精と名乗り、優雅な舞を見せたのち、「草木国土悉皆成仏《そうもくこくどしっかいじょうぶつ》」の仏法により悟りを得て消えて行く。

清経《きよつね》

よし夢《ゆめ》なりとも御姿《おんすがた》を見《み》みえ給《たも》ふぞありがたき。さりながら、命《いのち》を待《ま》たで我《われ》と身《み》を捨《す》てさせ給《たも》ふ御事《おんこと》は、偽《いつわ》りなりけるかねことなれば、ただ恨《うら》めしう候《そうろう》。

たとい夢であっても、お姿を見せてくださるのはありがたいこと。しかし命の尽きるのを待たずに、みずから我が身をお捨てになったのは、かねての約束と違うことですから、ただただ恨めしく存じます。

見みゆ―見せ、かつ自分も相手を見る。　かねこと―かねての約束ごと。

平清経《たいらのきよつね》は敗戦を予見して形見の髪を船に残し、入水《じゅすい》して果てた。同船の家臣淡津《あわづ》の三郎は都に清経の妻を訪ねてその最期のさまを話し、形見の髪を渡す。妻は、夫が最後まで戦うという約束を破ったと、形見を三郎に突っ返す。

悲嘆の涙の床にまどろむ妻の枕辺にいくさ姿の清経が現れると、妻は右のような恨み言をぶつける。名誉を身上《しんじょう》とする武士とちがい、命と情愛を大切にする女の姿が痛々しい。

後場《のちば》に清経の霊は、平家の悲境と自分の最期のさまを語り、今の地獄の苦しみを述べるが、投身の際に唱えた念仏が幸いして、成仏《じょうぶつ》する。

通小町《かよいこまち》

さらば煩悩《ぼんのう》の犬《いぬ》となって、うたるると離《はな》れじ。

それなら（私は）煩悩のために犬のようにつきまとって、打たれても離れまいぞ。

山城の国（京都府）で旅僧が小野小町の霊を弔っていると、小町の亡霊が現れて、「戒律《かいりつ》を授けて（仏門《ぶつもん》に入れて）下さい」と嘆願する。するとそこに、姿の見えない男の声がして、僧に「戒律を授けずに早く帰りたまえ」と言う。

姿を現わしたのは生前小町を恋した深草少将《ふかくさのしょうしょう》の霊で、煩悶《はんもん》の形相《ぎょうそう》も恐ろしく「小町だけ成仏《じょうぶつ》しては、私の苦しみは計り知れぬ」と訴える。小町が「私の仏道への熱い思いは止められない」と応ずると、少将は右に引用した言葉を口にする。すさまじい情念！

僧侶が、伝え聞く二人の恋物語を思い出し、少将が小町の門前に百夜《ももよ》かよった様子を見たいと言うと少将は、人目をはばかってときどき姿を変え、雨の夜も雪の夜も、時には明け方にも、合計九十九夜かよった様を演じて見せる。「残る一夜を今夜全うしよう」と少将は衣裳も新たに出かけようとする。ところで祝儀《しゅうぎ》の「酒」は、と思いついたが、仏の戒律を守って謹むことにする。その一念が幸いして、二人とも成仏する。

来世が既定の現世を変えながら展開する能の妙味。（三八ページ参照）

通小町《かよいこまち》

鳥《とり》もよし鳴《よ》け、鐘《かね》もただ鳴《な》れ、夜《よ》も明《あ》けよ。ただ独寝《ひとりね》ならばつらからじ。

鶏《にわとり》も鳴くなら鳴け、鐘もただいちずに鳴れ、夜も明けろ。独り寝ならべつに辛《つら》いこともあるまい。

前項の、深草少将が小野小町のもとに通いつめた、これはある明け方のひとこま。少将がいくら待っても、小町は会ってくれない。そこで少将は「恋人どうしの朝の別れの辛《つら》さがないだけましだ」と気持ちを転換して、せつなさを紛《まぎ》らす。「ものは考え様」というが、この言葉はしぼり出すうめき声にも似ている。

暁の鳥の鳴き声や鐘の音は、物語で恋人どうしの早朝の別れに付き物で、謡曲にもときどき出てくる。この文の特徴として、「鳴け」「鳴れ」「明けよ」という命令形が「独寝《ひとりね》ならばつらからじ」という逆説に迫力を与えている。

ロミオがジュリエットの部屋で一夜をすごし、明け方別れる時も、ロミオは「もうヒバリが鳴いている」と言うが、ジュリエットは「いや、あれはナイチンゲール（夜鳴き鳥）よ」と言って引き止めようとする。明け方の情念の違いが別々の鳥の声を聞いている。

花筐《はながたみ》

宿雁《やどかりがね》の旅衣《たびごろも》、飛《と》び立《た》つばかりの心《こころ》かな。
君《きみ》が住《す》む越《こし》の白山知《しらやまし》らねども、行《ゆ》きてや見《み》まし。
足引《あしび》きの大和《やまと》はいづく、白雲《しらくも》の高間《たかま》の山《やま》の、よそにのみ見てややみなん。
及びなき雲居《くもい》はいづく御影山《みかげやま》。

宿など借りてはいられないこの旅。雁のように飛んで行きたいこの心。帝《みかど》がお住まいの越路《こしじ》の白山《はくさん》（のような高く清い所）は知らないけど、行ってみたい。大和《やまと》（奈良）はどんな所？　白雲かかる高間《たかま》の山のように、遠く眺めるだけで終わってしまうのかしら。どうせ手の届かない所だけど、帝《みかど》はどんな所にお住まいなの？　お姿はどこに？

高間の山―奈良県と大阪府の境にある金剛山のこと。　花筐《はながたみ》―花籠。

越前の国（福井県）で暮らしていた皇子《おうじ》が、継体天皇として即位するために上洛《じょうらく》することになった。皇子は寵愛する侍女《じじょ》「照日の前《てるひのまえ》」との別れにのぞみ、手紙と花籠を届けさせる。照日の前は皇子の即位を喜びながらも、慕情《ぼじょう》と悲しみに心乱れ、花籠を持ち侍女を連れて都に向かう。「雲の上」と言われる皇居への興味と不安に満ちた文である。

さて継体天皇の紅葉狩の日。従者たちが物狂いの女を押しのけ、花籠を打ち落とす。帝がよくよく見れば、照日の前。もとどおり召し使うとのお言葉が出る。

捨《す》てられて思《おも》ふ思《おも》ひの涙《なみだ》に沈《しず》み、人《ひと》を恨《うら》み、夫《おっと》をかこち、ある時《とき》は恋《こい》しく、又《また》は恨《うら》めしく、起《お》きても寝《ね》ても忘《わす》れぬ思《おも》ひの因果《いんが》は今《いま》ぞと、白雪《しらゆき》の消《き》えなん命《いのち》は今宵《こよい》ぞ、痛《いた》はしや。

鉄輪《かなわ》

（夫に）捨てられて思う重い涙に心沈み、相手の女をうらみ、夫をうらんで愚痴《ぐち》をこぼす。ある時は恋しく思い、またある時はうらめしく思って、起きても寝ても忘れられない苦しい思いを味わったが、その因果《いんが》の報いがいま来たのだ。白雪が消えるように、知らぬ間に（夫の）命がこよい消える。いたましいことだ。

京に住む男が本妻を離別し、別の女と契《ちぎ》りを交わした。本妻は恨みと嫉妬に燃え、貴船明神《きぶねみょうじん》に報復を祈る。とたんに女の髪は逆立ち、はげしい雷雨となる。
一方、男の方は毎晩夢見が悪いので、陰陽師《おんみょうじ》阿倍晴明《あべのせいめい》を訪ねると、晴明は女のうらみで男の命も今宵かぎりだと言う。男が祈禱《きとう》を願うと、晴明は男の家に祭壇を作り、一心に祈る。激しい雷雨の中、鬼女《きじょ》と化した本妻が現れ、恨み言を並べる。引用文はこの時の言葉の一部。慕情《ぼじょう》と怨恨《えんこん》の葛藤《かっとう》の末、相手を呪《のろ》い殺そうとする煩悶《はんもん》と気迫。
こののち、祈禱の力で三十体の仏法守護神《ぶっぽうしゅごしん》があらわれ、鬼女を退去させる。

道成寺《どうじょうじ》

哀愍慈勲《あいみんしきん》のみぎんなれば、いづくに大蛇《だいじゃ》のあるべきぞと、祈《いの》り祈《いの》られ、かっぱとまろぶが、また起《お》き上《あが》って忽《たちま》ちに鐘《かね》に向《むか》ってつく息《いき》は、猛火《みょうか》となってその身《み》を焼《や》く。

哀れみ給えと念じてお祈りしている時だから、どこにも大蛇がいるはずはない、と行者《ぎょうじゃ》が祈ると、大蛇は祈られてどっと倒れ伏すが、また起き上がり、すぐ鐘に向って息を吐きかける。その息は燃えさかる火となって、かえって蛇の体を焼く。

哀愍慈勲《あいみんしきん》――哀れみを乞う祈り。　みぎん――みぎり、折り。

むかし紀州（和歌山県）のある家を常宿《じょうやど》とする山伏がいて、この家の娘となじみになった。ある日娘が結婚を迫るので、困った山伏は道成寺に逃げ込み、釣鐘の中に隠してもらうが、娘は毒蛇となって鐘に巻きつく。鐘は灼熱《しゃくねつ》して溶け、中の山伏は即死する。

それから何年。道成寺で鐘が再建され、その供養《くよう》を行なっていると、一人の白拍子《しらびょうし》が来て、僧たちの居眠りのすきに鐘の中に飛び込み、姿を隠す。あの女の執念がまだ残っていたのである。住僧《じゅうそう》たちは懸命に祈り、鐘を釣り上げたが、女はまた大蛇の姿で現れる。引用文は、この後《あと》の説明である。鉄をも溶かす恋慕《れんぼ》と執念《しゅうねん》の炎。

彼《か》の女《おんな》思《おも》ふやう、一人《ひとり》に靡《なび》かば一人《ひとり》の恨《うら》み深《ふか》かるべしと、
左右《そう》なう靡《なび》く事《こと》もなかりしが、あの生田川《いくたがわ》の水鳥《みずとり》をさへ、二人《ふたり》の矢先《やさき》諸共《もろとも》に、
一つの翅《つばさ》に中《あた》りしかば、その時《とき》わらはは思ふやう、無慙《むざん》やな、
さしも契《ちぎ》りは深緑《ふかみどり》、水鳥《みずとり》までもわれ故《ゆえ》に、さこそ命は鴛鴦《おしどり》の、番《つが》ひさりにし哀《あわ》れさよ。

その女は、自分が一人の男に気を許せばもう一人の男の恨みが深まるだろうと思い、簡単に一方に従いはしなかったのですが、(水鳥を射当てた方に従うと女が言うので、二人がねらって射た)あの生田川の水鳥は、二人の矢が同じ翼に命中したので、その時私は思いました、「かわいそうに、あれほど(雌雄《しゆう》の)契りの深い水鳥までが私のせいでさぞかし惜しい命を落とし、鴛鴦《おしどり》の夫婦の仲が裂かれてしまった。不憫《ふびん》なことよ」と。

旅僧が生田の里で、一人の娘に「求塚《もとめづか》」について尋ねると、娘は塚に案内し、右のように語る。話し手が実は話の主人公(の霊)なので、文頭の「彼《か》の女《おんな》」が途中から「わらは」「われ」に変っている。二人の男やオシドリへの痛切な思いが本音を表わしたのである。

ついで女は「二人の矢が同じ翼に当たり、娘はなす術《すべ》なく、川に身を投げました。娘はこの塚に葬られ、男達は塚の前で刺し違えて死にました」と言って、塚の中に入る。

松風《まつかぜ》

「あら嬉《うれ》しや、あれに行平《ゆきひら》の御入《おんい》りあるが、松風《まつかぜ》と召《め》されさむらふぞや。いで参《まい》らう。

「浅《あさ》ましや、その御心故《おんこころゆえ》にこそ執心《しゅうしん》の罪《つみ》にも沈《しず》み給《たま》へ。娑婆《しゃば》にての妄執《もうしゅう》をなほ忘《わす》れ給《たま》はぬぞや。あれは松《まつ》にてこそ候《そうら》へ、行平《ゆきひら》は御入《おんい》りもさむらはぬものを。

「あら嬉しい。あそこに行平がおいでになっていて、松風！ と呼んでいらっしゃいますわ。さあ参りましょう。」

「まあ浅ましい。そんなお気持ちだから、執着《しゅうじゃく》の罪に沈んでおしまいになるのです。この世での迷いの執念をまだお忘れにならないのですね。あれは松です。行平はおいでになりませんのに。」

須磨の浦（神戸市）で、二人の少女が汐汲み車を引いて帰って来る。宿りを許された旅僧が二人の前で在原行平《ありわらのゆきひら》中納言の和歌を口ずさんだり、松風、村雨の旧跡を弔って来たことなどを話すと、二人は急に悲しそうになる。わけを尋ねると、二人は松風、村雨の霊で、行平との契りが忘れられず、その妄執に引かれて現れたのだと打ち明ける。

思い出話の最中に（右の例文のように）松風が妄想に駆られ、松の木を行平と思い込んで喜び、村雨にたしなめられる。幽霊にも残る恋慕《れんぼ》の執念。

綾鼓《あやのつづみ》

後《のち》の世《よ》の近《ちか》くなるをば驚《おどろ》かで、老《おい》にそへたる恋慕《れんぼ》の秋《あき》。露《つゆ》も涙《なみだ》もそぼちつつ、心からなる花《はな》の雫《しずく》の、草《くさ》の袂《たもと》に色《いろ》そへて、何《なに》を忍《しの》ぶの乱《みだ》れ恋《ごい》。

来世《らいせ》が近づいていることにも気づかずに、老いに加えて恋慕のつのる悲しい秋。露に涙に濡《ぬ》れながら、恋ごころを宿す花やかな涙が、草色の袂に色を添える。いまさら何をこらえよう、どうせ乱れた恋ごころだ。

筑前《ちくぜん》の国（福岡県）の行宮《あんぐう》（天皇行幸の期間の仮の皇居）の庭掃き老人が、女御《にょうご》（皇后）のお姿に恋慕の情を抱き、思い悩んでいた。このことを知った女御は、綾絹《あやぎぬ》を張った鼓《つづみ》を池のほとりの木に吊《つる》させ、これを打って音が御殿《ごてん》まで聞こえたら、もう一度姿を見せようと老人に伝える。いくら打っても綾の鼓が鳴るはずはなく、老人は嘆きに嘆く。引用文はこの時の言葉の一部である。謡曲には珍しい「老いらくの恋」の悩みが赤裸々に語られる。

「老人の恋だって恋は花だ、我慢しないで乱れてやろう」と威勢《いせい》がいい。

しかし鼓は鳴らず、恨みはつのる。ついに老人は池に身を投げる。するとやがて、女御の耳に池の波音が鼓の音に聞こえ、女御は狂気を帯びる。そこに老人の亡霊が来て、女御に綾の鼓を打たせる。もちろん鳴らず、女御は狂乱する。

采女《うねめ》

吾妹子《わきもこ》が寝《ね》ぐたれ髪《がみ》を、猿沢《さるさわ》の池《いけ》の玉藻《たまも》と見《み》るぞ悲《かな》しき。

いとしいあの子の寝乱れた髪が、猿沢の池の藻に見えて、何とも悲しい。

諸国一見の僧が春日明神に詣でると、そこで木を植えていた若い女が僧を猿沢の池に誘って行き、話を聞かせる。

むかし、帝《みかど》のご寵愛を受けた采女《うねめ》（女官《にょかん》）がいたが、のちに帝が心変りされたので、うらめしく思って、この猿沢の池に身を投げた。帝は哀れに思われて、采女の死骸をご覧になり、「吾妹子《わきもこ》が……」と一首お詠みになった。御心《みこころ》にかけて下さったお情けは有難く、お恨み申したのは愚かなことだった。

こう語ると女は、実は私は采女の幽霊ですと言って池の中深く入って行く。僧が夜どおし供養を続けていると、采女が正装して現れ、供養に感謝し、宮中に仕えていた時のさまざまな思い出を語り、ありし日の遊《ゆう》舞《ぶ》を舞う。

「吾妹子が……」の歌は、柿本人麿の作とされるが、ここではある天皇の御歌《おんうた》として転用している。「ねくたる」（寝腐る）は「寝て乱れる、寝てしどけなくなる」という意味で、この和歌に生々しい、強烈な印象を与えている。

梅枝《うめがえ》

さればにや、女心《おんなごころ》の乱《みだ》れ髪《がみ》、ゆひかひなくも恋衣《こいごろも》の、夫《つま》の形見《かたみ》を戴《いただ》き、この狩衣《かりぎぬ》を着《ちゃく》しつつ、常《つね》には打《う》ちしこの太鼓《たいこ》の、ねもせず起《お》きもせず、涙《なみだ》しきたへの枕《まくら》がみに残《のこ》る執心《しゅうしん》をはらしつつ、仏所《ぶっしょ》に至《いた》るべし。

と言うのは、乱れ髪のような女心は、言うかいも、結《ゆ》い上げるかいもなく、恋を衣のようにまとい、夫の形見（鳥兜《とりかぶと》）を頭にいただき、狩衣《かりぎぬ》（礼服）を着て、夫が常々打ったこの太鼓の音を打ち出し、寝もせず起きもせず、涙にくれるばかりでした。（でも今は）涙のしみ込んだ枕元に残る執心を晴らし、極楽往生できるでしょう。

しきたへ（敷妙）の―枕にかかる枕詞。　枕がみ（上）―枕元。

旅僧が宿を借りた住吉の里（大阪府）の庵《いおり》に、舞楽《ぶがく》の太鼓と舞の衣裳が飾ってあるので、女主人にわけを尋ねると女は、天王寺の楽人《がくじん》浅間と、住吉の楽人富士が争い、富士が殺害されたこと、富士の妻が太鼓を打って心を慰めたことを物語り、その妻も今は亡き人なので、回向《えこう》してくださいと言って消える。

僧が経文《きょうもん》を唱えていると、富士の妻の霊が夫の形見の衣裳をつけて現れ、回向のおかげで成仏《じょうぶつ》できそうだと言う。右の原文がそれである。細やかに描かれた恋慕の執心。

三

情愛・義理

隅田川

熊野《ゆや》

いかにせん、都《みやこ》の春《はる》もをしければど、馴《な》れし東《あずま》の花《はな》や散《ち》るらん。

どうしたらよいでしょう、都の春も惜しいけど、慣れ親しんだ東国《とうごく》の花（母の命）が、今にも散りそうなのです。

平宗盛《たいらのむねもり》は、寵愛する舞子《まいこ》の熊野《ゆや》から、郷里の老母が病気なので暇がほしいと、たびたび申し出を受けていたが、春の花見がすむまで待てと言って、許さなかった。

春になるとまた使いが来て、老母の手紙を熊野に届ける。病状が一段と進んでいる様子なので、熊野は改めて宗盛に願い出るが、ちょうど花見の日にあたり、聞き入れてもらえず、花見が実施される。行列の進行中も、清水寺《きよみずでら》に到着したときも、熊野は母のために観世音の加護《かご》を祈る。

清水寺の花の下で酒宴が始まり、熊野が舞を舞っていると、村雨《むらさめ》（にわか雨）が降ってきて、花を吹き散らす。そこで熊野は和歌を一首、短冊に書いて宗盛に渡す。それがここに引用した歌である。宗盛はこの歌に感動し、今すぐ東《あずま》に下れと言う。熊野は大喜びで、これも観世音菩薩のご利益《りやく》と手を合わせ、東に下って行く。

この曲全体の出典は『平家物語』。観世音のご利益《りやく》と和歌の力を説いた話である。

唐船《とうせん》

暇申《いとまもう》して唐人《からびと》は、船《ふね》に取《と》り乗《の》り、おし出《だ》す喜《よろこ》びの余りにや、楽《がく》を奏《そう》し、舟子《ふなこ》ども棹《さお》のさす手《て》も舞《まい》の袖《そで》。折《おり》から浪《なみ》の鼓《つづみ》の舞楽《ぶがく》につれて面白《おもしろ》や。

別れの挨拶をして、その唐の人は船に乗る。船を押し出し、喜びを押し出し、あまりの喜びに、船中の人達は奏楽を始め、舟を操《あやつ》る人達は棹《さお》をさす手も舞の手つきだ。折りから浪の音も鼓の音に聞こえ、船中の舞楽に合って、いや何と愉快なこと！

昔、日本人と唐人《とうじん》との間に争い事があった時、唐の男が一人日本人に捕えられ、九州の有力者のもとで牛飼いとして使われていた。いつしか十三年の歳月がたち、唐人には日本人との間に二人の子供があった。ところがこの唐人、祖国の唐にも子が二人あって、この唐の子供たちが、父を慕い、船を仕立てて遠路《えんろ》はるばる九州に迎えに来た。男は喜び、雇い主の許しを得て祖国に帰ることになったが、この時、日本で生まれた二人の子供たちも一緒に行きたいとせがむ。雇い主は始めのうちは許さなかったが、皆の悲しむ様子に心打たれ、許可する。

一同の嬉しくていたたまれない様子を描いたのが、この文である。「おし出す」が船と喜びの両方に効《き》き、「さす」が棹《さお》と舞いの手の両方に効いている。

小袖曾我《こそでそが》

祐成《すけなり》はかくとも知《し》らで、時致《ときむね》が時移《ときうつ》りたる事《こと》よきかと、中門《ちゅうもん》を見《み》やりつつ、はや此方《こなた》へと招《まね》けば、招《まね》かれて山《やま》のかせぎ、泣《な》く泣《な》く来《き》たりたり。打《う》たれても親《おや》の杖《つえ》、なつかしければさりやらず。

祐成《すけなり》はそうとも知らず、時致《ときむね》が（母に会いに行ってから）だいぶ時がたったが会えたのかと、屋敷の中の門の方を見ながら、早くこっちへと手招きする。時致は母の部屋に入れてもらえず、鹿のように声を上げて、泣く泣く戻ってきた。せっかく訪ねたのにいわば山の鹿柵《かせぎ》（獣よけの、枝つきの木の柵《さく》）に妨げられたからだ。それでいて「打たれても親の杖」という諺のように、懐かしくて立ち去ることもできないでいる。

「かせぎ」には「鹿柵《かせぎ》」のほかに「鹿《かせぎ》」の意味もある。

曾我《そがの》十郎《じゅうろう》祐成《すけなり》、五郎時致《ときむね》の兄弟は、頼朝の巻狩《まきがり》のお供を命じられた。巻狩には親の仇《かたき》、工藤祐経《すけつね》も同行するはずなので、仇討《あだう》ちの好機いたれりと、決死の覚悟を固め、母に別れの挨拶に行く。母は祐成には快く会ったが、五郎は預けた寺から逃げ出して勘当《かんどう》中であったため、門前払いにした。この文は、泣く泣く出てきた時致の様子を描く。時致は恨むどころか、母の顔を見たさに立ちすくんでいる。諺「打たれても親の杖」の映像化。

昭君《しょうくん》

日《ひ》は山《やま》の端《は》に入相《いりあい》の、かねて知《し》らする夕嵐《ゆうあらし》、袖寒《そでさむ》しとは思《おも》へども、子《こ》の為《ため》なれば寒《さむ》からず。

夕日は山の端に入り、入相の鐘の音が聞こえる。夜寒《よさむ》を予感させる夕方の嵐で、袖から入る風が寒いとは思うが、なあに、子のためだから寒くはないぞ。

唐の国（史実は前漢）の帝《みかど》は、胡国《ここく》との平和を保つために、寵愛する女官《にょかん》の王昭君《おうしょうくん》を胡国の王に献じた。昭君の老父母は深く悲しみ、娘が植えた糸柳《いとやなぎ》をだいじに育てている。この柳が元気なら娘も元気、もし枯れれば娘の死、と信じていたのである。老父母は毎日、昭君の身の上を案じながら、柳の木陰を掃き清めている。

ここに引いた文は、そんな時にふと老父母が口にした言葉である。単純素朴な、子を思う親の気持ちが、自然に伝わってくる。

こののち王昭君は胡国で病死し、柳は枯れる。老父母が鏡を柳の前に据えると、昭君が美しい姿で鏡にうつる。

物語では昭君は鏡に映るだけであるが、能舞台では王妃の姿の子方《こかた》（少年の演者）が登場する。子方は清く気品《きひん》ただよう王妃を象徴し、いっそう哀れを催させる。

隅田川《すみだがわ》

さりとては人々《ひとびと》、この土《つち》を返《かへ》して、今一度《いまいちど》この世《よ》の姿《すがた》を母《はは》に見《み》せさせ給《たま》へや。残《のこ》りてもかひあるべきは空《むな》しくて、あるはかひなきははき木《ぎ》の、見《み》えつかくれつ面影《おもかげ》の、定《さだ》めなき世《よ》の習《なら》ひ。

皆さん、是非《ぜひ》ともこの土を掘り返して、もう一度（わが子の）この世の姿を、この母に見せてください。生きていればきっと生きがいのあるわが子は死んでしまい、残っているのは生きがいのない母親。帚木《ははきぎ》のように、わが子の面影が見え隠れして定まりません。定めのないのは世の常ですが。

息子を探して都からはるばる東国《とうごく》までやって来た母親が、隅田川の渡し船の中で、息子が昨年この川辺で病死し、近くの塚に葬られたこと、今夜一周忌の供養《くよう》が催されることを聞く。母親は塚の前まで来ると、引用文のような無茶なことを言い出す。「むしろ自分が死んで、子供は生かしたい。」この上なく切実な母親の願いである。

「ははき木」（帚木）は古歌に、見え隠れする木とされているので、これに「母」をからませ、「母の目に見え隠れするわが子」としている。また、子の顔が動いて定まらないのを「定めなき世の習ひ」（無常のこの世）と結びつけて、意味を拡大している。

鉢木《はちのき》

松《まつ》はもとより常磐《ときわ》にて、薪《たきぎ》となるは梅桜《うめさくら》、切《き》りくべて今《いま》ぞ御垣守《みかきもり》。衛士《えじ》の焚《た》く火《ひ》はおためなり。よく寄《よ》りてあたり給《たま》へや。

松はもともと常緑長寿《じょうりょくちょうじゅ》のご神木《しんぼく》だから、薪になるのは梅と桜だ。これを切って火にくべる私は、今や皇居の御垣守《みかきもり》！　衛兵《えいへい》が焚いているこの火は、あなたのための火ですぞ。よく近寄って、おあたり下さい。

落ちぶれて妻とふたり、上州（群馬県）にひっそり暮らしている佐野源左衛門《さののげんざえもん》の家に、吹雪の夕方、旅僧が一夜の宿りを乞うて来た。一度はことわったものの、あばら家を承知ならと泊めることにしたが、暖をとる薪《たきぎ》もない貧乏暮らし。

だいじにしている三鉢《みはち》の鉢植え、梅、桜、松を切って火にくべようとするが、松は常緑で、千年の寿命があるという神聖な木だからと、思い止まり、梅と桜を燃やす。

だいじな木だが、腹を決めて燃やすと、自分があたかも、皇居の垣根で焚火をしながら帝《みかど》を守護する「御垣守《みかきもり》」に思えてくる。落ちぶれどころか、栄誉ある近衛兵《このえへい》だ。

暗い、情けない情況を、心機一転、誇り高いものに転換する武士の心のゆとり。

この旅僧はじつは北条時頼《ときより》で、のちに源左衛門の恩に報いる。

鞍馬天狗《くらまてんぐ》

あらいたはしや、御身《おんみ》を知れば、所《ところ》も鞍馬《くらま》の木陰《こかげ》の月《つき》、見《み》る人《ひと》もなき山里《やまざと》の桜花《さくらばな》、よその散《ち》りなん後《のち》にこそ咲《さ》かば咲《さ》くべきに、あらいたはしの御事《おんこと》や。

ああ、お気の毒なこと。あなた様のご身分がわかりましたので、(ご一族は)暗いこの鞍馬の木陰を漏れて来る月の光のように、人に顧《かえり》みられないご境遇と存じます。もっとも、見る人もない山里の桜の花は、咲くなら他の桜が散った後で咲けばいいわけですが、それにしても、ああ、お気の毒なこと。

山伏《やまぶし》が鞍馬(京都市)で花見をしていると、源氏の牛若と、僧侶に付き添われた平家の子供たちが大勢やって来た。ところが平家の子供たちは、見慣れぬ山伏の姿を見て帰ってしまう。あきれている山伏に牛若はひとり近寄って慰める。感心した山伏は、帰った子供たちと牛若の身分を聞き、引用文のように言う。

「今は平家全盛で、源氏の子供など、鞍馬山の木陰の月ほども人の眼中にない。遅く咲く山桜のように、平家没落のあと源氏の花が咲けばいいわけだが、それにしてもおいたわしい。」

引用文の後半に古歌を引いている。

見る人もなき山里の桜花ほかの散りなむのちぞ咲かまし(『古今和歌集』伊勢)

敦盛《あつもり》

これかや、悪人《あくにん》の友《とも》をふり捨《す》てて、善人《ぜんにん》の敵《かたき》を招《まね》けとは、御身《おんみ》のことか、有難《ありがた》や。

この事だったのか、「悪人なら友達でも捨て、善人なら敵《てき》とでも仲よくせよ」という諺の善人とはあなたのことか、ありがたいことだ。

源氏の武将、熊谷直実《くまがいなおざね》は一の谷（神戸市）の合戦で平家の公達《きんだち》、平敦盛《たいらのあつもり》を討ち取り、武勲《ぶくん》を上げたが、二〇年あまり後に出家《しゅっけ》して法然上人《ほうねんしょうにん》の門に入り、蓮生《れんせい》と名を変えた。蓮生は、自分が手にかけて殺した敦盛の菩提《ぼだい》を弔うため、一の谷におもむく。

蓮生が敦盛最期の跡で、夜もすがら回向《えこう》していると、武将姿の敦盛の亡霊が現れ、蓮生の読経《どきょう》によって生前の罪から解放され、成仏できることを感謝しつつ、このように言う。

友人論もいろいろある。『ハムレット』で、王の侍従長ポローニアスが息子に言い聞かせる処世訓《しょせいくん》の中に、「試験済《ためしずみ》の友達は逃さぬように鉄《かな》たがをはめておけ」（坪内訳）とあるのも、真の友をよく見定めて離すな、ということであり、昭憲皇太后の御製《ぎょせい》に「己《おのれ》にまさるよき友を選び求めて諸共《もろとも》に……」とあるのも同様である。しかし敦盛の言葉に含まれた中世の諺には、逆説的な鋭さがあって、驚く。

安宅《あたか》

それ世《よ》は末世《まっせ》に及《およ》ぶといへども、日月《にちがつ》は未《いま》だ地《ち》に落《お》ち給《たま》はず。たとひいかなる方便《ほうべん》なりとも、正《まさ》しき主君《しゅくん》を打《う》つ杖《つえ》の、天罰《てんばつ》にあたらぬ事《こと》やあるべき。

そもそも、世は末世になったと申しますが、日も月もまだ地に落ちてはいらっしゃいません。それなのに、たといどんな便宜の手段といたしましても、まことの主君を杖で打つなど、どうして天罰を受けないことがありましょう。

義経の一行は山伏姿で奥州《おうしゅう》（東北）に落ちのびる途中、安宅《あたか》の関（石川県）にたどり着く。義経を見かけたら捕えるようにと、頼朝の命を受けている関守《せきもり》の富樫《とがし》は、この一行を怪しむ。弁慶の機転でぶじに通過できそうに思えたが、強力《ごうりき》（荷運び）姿の義経が富樫に見とがめられる。そこで弁慶は、義経を身分いやしい者のように見せかけて、杖で打ち据《す》え、疑いを晴らして、一行はようやく通過する。

関所が遠くなった所で一行は休息するが、ここで義経は弁慶に感謝し、「お前の機転は人間に出来ることではない、天のご加護《かご》だと思う」とねぎらう。しかし弁慶は右のように言って、先刻の非礼をわびる。忠義な彼にとって、主従《しゅじゅう》の別を守ることは天地の義理（正しい筋道）であり、主君を打ち据えた自分を許すことなどできなかったのである。

行《ゆ》くは慰《なぐさ》む方《かた》もあり、留《とま》るや涙《なみだ》なるらん。

行く人には慰みもあるだろうが、後に残る者はただ涙にくれるばかりだね。

義経一行の一二人は奥州へ下る途中、義経の身代わりとなって戦死した佐藤継信《つぐのぶ》の館《やかた》で、出家して尼となった老母のもてなしを受ける。義経は老母の心を思いやり、継信・忠信《ただのぶ》兄弟の八島《やしま》における手柄《てがら》とその最期について、弁慶に話させる。一同夜通し酒宴を楽しむ。

翌朝、継信の一子鶴若《つるわか》少年は、一行のお供をするつもりで、家臣に馬や弓の準備を命ずる。義経以下、鶴若の忠誠心と勇気に感動しながらも無理と考え、弁慶がなだめて、一行は涙ながらに出発する。これはその時、老母が鶴若を抱いて言い聞かせる言葉。

別れの常として、去って行く者には別れの悲しみも行く先の苦労もあるが、また一方、果たすべき仕事があったり、新しい生活が待っていたり、興味を引くものがあったりして、それなりに心が満たされ、苦労がいやされることが多い。しかし後に残された者は、今までの生活範囲で暮らすわけで、変化にとぼしく、気のまぎれることが少ない。それに、去って行った人のことが気にかかる。

「離別」という人生の一局面に伴う感情を、端的に言い表した名言である。

摂待《せったい》

羽衣《はごろも》

「いやこの衣《ころも》を返《かえ》しなば、舞曲《ぶきょく》をなさでそのままに、天《てん》にやあがり給《たも》ふべき。」
「いや疑《うたが》ひは人間《にんげん》にあり。天《てん》に偽《いつわ》りなきものを。」

「いやこの衣をお返ししたら、舞を舞わずにそのまま天にお昇りになるでしょう。」
「いや疑いは人間のものです。天に偽りなどございませんのに。」

漁師白竜《はくりょう》と天人の問答。松の木に掛けておいた羽衣を白竜が取って、返さないので、天人は天に帰ることができず、泣き悲しむ。その姿をあわれに思った白竜は、話に聞いた天人の舞を見せてくれれば返すと言う。天人が喜んで舞を約束し、羽衣を受け取ろうと手をさし出すと、白竜は疑念が沸いて羽衣を引っ込め、この問答となる。

このすぐ後で白竜は、寸鉄《すんてつ》胸を刺す天人の言葉に「あら恥ずかしや」と、疑った自分を恥じ、羽衣を返す。このあたりの問答には、汚れを知らぬ天人と、生臭い垢にまみれた人間とがみごとに対照されている。

この清濁対照の現代版を『夕鶴』に見る。汚れを知らぬ鶴の化身「つう」と、これを取り巻く「うんづ」「そうど」など欲にまみれた人間達。人間達が金銭の話をすると、とたんにつうの耳が聞こえなくなる。

それ花《はな》の種《たね》は、地《ち》に埋《うず》もって千林《せんりん》の梢《こずえ》に上《のぼ》り、
月《つき》の影《かげ》は、天《てん》にかかって万水《ばんすい》の底《そこ》に沈《しず》む。
これらをば皆《みな》、いづれをか順《じゅん》と見《み》、逆《ぎゃく》なりといはん。

蝉丸《せみまる》

そもそも花の種は地中に埋もれてから成長し、木々の梢にまで上って花を開く。また月は天にありながらその光は下界の水に映って水底《みなそこ》に沈む。この上昇と下降は、どちらを順当、どちらを逆行と言うことができようか。

皇女《こうじょ》「逆髪《さかがみ》」は、髪の毛が逆立《さかだ》ったまま直らず、狂乱状態でさまよっている。その姿を見て子供たちが笑うと逆髪は、「お前達の身分で皇女の私を笑い物にするのは逆さまな事だ」と言うが、「事によるとそれは順当な事かな？」と自然の営みに当てはめて考える。

この引用文とほぼ同じ内容の文が他の四曲に見られるが、「敦盛《あつもり》」を例にとると、

「そもそも春の花が幹や枝の先に咲くのは、仏が人々に極楽往生《おうじょう》に向かう機縁をすすめているのであり、秋の月が水の底に影を落すのは、仏が下界に下って衆生《しゅじょう》を教化する姿を見せているのだ。」

という意味のことを敦盛の霊が言っている。この観点から言えば、いずれの自然現象も仏の慈悲を暗示するもので、どちらが順、どちらが逆かは問題でない。

もとよりきたる所《ところ》もなければ、出家《しゅっけ》といふべき謂《いわれ》もなし。出家《しゅっけ》にあらねば髪《かみ》をも剃《そ》らず、衣《ころも》を墨《すみ》に染《そ》めもせで、ただおのづから道《どう》に入《い》って、善《ぜん》を見《み》ても進《すす》まず、智《ち》を捨《す》てても愚《ぐ》ならず。

東岸居士《とうがんこじ》

私にはもともと郷里も家もないから、出家と名乗る理由もない。出家でないから髪も剃らず、墨染《すみぞ》めの衣も着ない。ただ自然に仏の道に入ったまでだ。善行も進んで行なうことはないし、私が分別《ふんべつ》を捨てても愚かだということにはならない。

この文は、修行僧の東岸居士《とうがんこじ》が旅人に「故郷はどこか、なぜ出家したのか」などと問われて、答える言葉である。形式や通念に捕われず、自由な信仰の道を歩もうと言う。ひょうひょうと生きる天衣無縫《てんいむほう》の居士であるが、深遠な仏法をよく理解していて、たとえば次のように分かりやすく説法する。

「人間として生を受けても、信心を起こさなければ、苦しみを重ね、死ねばますます暗闇に進む。」東岸居士によれば、人間がとかく暗闇（悪の道）に進む傾向は、生前だけでなく死後も続くが、しかしいつ、どこでも救いの道が設けられているという。

国栖《くず》

牡鹿《おしか》伏《ふ》すなる春日山《かすがやま》、三笠《みかさ》ぞまさる春雨《はるさめ》の、音《おと》はいづくぞ吉野川《よしのがわ》。よしやしばしこそ花曇《はなぐも》りなれ、春《はる》の夜《よ》の月《つき》は雲居《くもい》にかへらめや。たのみをかけよ玉《たま》の輿《こし》。

牡鹿が腹這いになっている春日山（連峰）、その峰の一つに三笠山。春雨で水かさを増して音をたてている川は、どこの川か。吉野川だ。たといしばらくは花曇りが続いても、春の夜の月はやがて雲間に輝くもの。（だからこの帝《みかど》はしばらくは不遇でも、やがてきっと皇居にお戻りになる。）望みを持って御輿《みこし》をかつぐことにしよう。

皇位《こうい》にあるべき「清見原《きよみばら》の天皇」が、伯父「大友《おおとも》の皇子」の軍に追われて、吉野川のほとり、国栖《くず》という山中に落ちのび、とある老漁夫の家で休息をとる。老漁夫は天皇に食事を差し上げ、攻めて来た追手《おって》から機転で守ってあげる。（七六ページ参照）

右の引用は、御輿《みこし》かきの従者がうたう、奈良の都から下る道中の感想である。簡明な風景描写にからめて、天皇の即位についての確信をうたった、文学性ゆたかな文である。

「三笠」に「水嵩《みずかさ》」を絡《から》ませて意味を凝縮し、また「吉野川……よしや」「花曇り……春の」「たのみを……玉の輿」などの頭韻《とういん》が文を調子づけている。「雲居《くもい》」（雲のある所、皇居）の二重の意味も面白い。

天鼓《てんこ》

伝《つた》へ聞《き》く、孔子《こうし》は鯉魚《りぎょ》に別《わか》れて、思《おも》いの火《ひ》を胸《むね》に焚《た》き、
白居易《はくきょい》は子《こ》を先立《さきだ》てて、枕《まくら》に残《のこ》る薬《くすり》を恨《うら》む。
これ皆《みな》、仁義礼智信《じんぎれいちしん》の祖師《そし》、文道《ぶんどう》の大祖《たいそ》たり。我《われ》らが嘆《なげ》くは咎《とが》ならじ。

伝え聞くところでは、孔子は（わが子）鯉魚に死なれて、胸を焼くほど苦しみ、白居易《はくきょい》は子に先立たれて、その枕辺《まくらべ》の薬を恨んだ。孔子は仁義礼智信の祖師であり、白居易は文学の道の大祖である。いわんや私が子を失って嘆くのは責められまい。

中国、漢の王伯《おうはく》という人が息子の天鼓《てんこ》を失って嘆く言葉。子を失って嘆かぬ人はいないことを、最も人の道に通じている二人の大家を引きあいに出して主張する。

言うまでもなく、孔子は儒学《じゅがく》の祖。春秋時代に「仁《じん》（博愛）」を道徳・政治の根幹とすべしと説いて『論語』を著《あらわ》した。また白居易（白楽天）は唐代の詩人。流麗で平易な詩を数多く書いた。その集大成が『白《はく》氏文集《しもんじゅう》』である。

さて、王伯の嘆きの少し先の方に、謡曲にときどき見るこんな言葉がある。

「忘れんと思ふ心こそ忘れぬよりは思ひなれ。」

（子供のことを忘れようと思うのは、忘れないでいるよりも心が重い。）

雲雀山《ひばりやま》

家貧《いえひん》にしては親知《しんち》少《すくな》く、賤《いや》しき身《み》には故人《こじん》疎《うと》し。
親《した》しきだにも疎《うと》くなれば、余所人《よそびと》はいかで訪《と》ふべき。

家が貧しければ親しい知人が少なく、昔からの友人も身分の低い者からは疎遠《そえん》になる。親しい人さえ疎遠になるのだから、他人がどうして訪ねて来てくれよう。

奈良の都の右大臣豊成《とよなり》という人、讒言《ざんげん》を信じ、姫君《ひめぎみ》の命を山中で断つよう家臣に命じた。家臣と乳母《うば》は、姫君を伴って雲雀山《ひばりやま》まで来たが、殺すにしのびず、草木で庵《いおり》を作って姫君を隠しておく。こうして乳母は毎日、山の草花を里で売って姫君を養っていた。引用文は、ある日乳母が出かける前に口にする感慨の一端《いったん》である。

この言葉は、平安中期の漢文名文集『本朝文粋《ほんちょうもんずい》』の中の、橘 在列《たちばなのありつら》「秋夜感懐」から採ったもので、今の姫君の境遇に当てはめている。この文は謡曲「檜垣《ひがき》」などにもある。これは強いて言えば、江戸の成句、「金の切れ目が縁の切れ目」に当る。

さて、のちに豊成は自分のあやまちを悟り、雲雀山のうわさを聞いて里に出かけ、花を売る乳母に心から前非《ぜんぴ》を悔いて姫に逢わせてもらう。親子涙の再会ののち、ともに奈良の都に帰って行く。

景清《かげきよ》

思《おも》う敵《かたき》なればのがさじと、飛《と》びかかり、兜《かぶと》をおっとり、えいやと引《ひ》くほどに、錣《しころ》は切《き》れてこなたにとどまれば、主《ぬし》は先《さき》へ逃《に》げのびぬ。遥《はる》かに隔《へだ》てて立《た》ちかへり、さるにても汝恐《なんじおそ》ろしや、腕《うで》の強《つよ》きと言《い》ひければ、景清《かげきよ》は、三保《みお》の谷《や》が首《くび》の骨《ほね》こそ強《つよ》けれと、笑《わら》って左右《そう》へのきにける。

（三保の谷はわしの）目指す敵《てき》だから逃がすまいと、飛びかかって兜《かぶと》をつかまえ、えいやと引いたところ、しころ（肩の近くまで覆う部分）が切れてこっちの手に留まったので、兜の主《ぬし》は先の方へ逃げのびた。遠く離れると、また（三保の谷は）戻って来て、「それにしても貴様は恐ろしい奴だよ、腕っぷしの強いこと！」と言ったので、わしは「三保の谷の首の骨の強いこと！」と笑って、二人は別れたのであった。

源平の八島（屋島・香川県）の戦いのひとこま。これは零落《れいらく》の景清が、訪ねて来た娘に語る話。景清は、すでに勝負はついたのだから、逃げる相手を追うことはしない。これが仁義であり誇りである。また三保の谷は、逃げのびた後でわざわざ戻って来て、相手の強さを誉《ほ》める。これも仁義であり、また礼儀である。これを受けて景清は、相手の首の骨の強さを誉めるという、大物の武士らしい応対をする。

錦戸《にしきど》

されば ある言葉《ことば》にいはく、賢人《けんじん》二君《じくん》に仕《つか》へず、貞女《ていじょ》両夫《りょうふ》にまみえずと。この理《ことわ》りを聞《き》く時《とき》は、男女《おとこおんな》によるまじや。殊《こと》に弓馬《きゅうば》の家《いえ》に生《うま》れ、二人《ふたり》の主君《しゅくん》には、いかでか仕《つか》へ申《もう》さん。

その意味で、ある言葉に「賢い人は二人の主君に仕えず、貞節な女は二人の夫を持たない」とあるが、この道理に男女の区別はあるまい。ことに武士の家に生まれて、どうして二人の主君にお仕えしようぞ。

藤原秀衡《ひでひら》の長男、錦戸太郎は、亡父を頼って来た義経がまだ一度も対面を許さないのを不満に思っていた。おりしも頼朝から鎌倉方につくようにとの教書《きょうしょ》が来たので、太郎は二男泰衡《やすひら》とともに頼朝に従う決心をする。三男の泉の三郎も同調させようと、その館《やかた》に出向くが、三郎は父の遺言もあり、主君を変えることはできないと、断わる。

三郎は妻と共に義経に同情し、自分たち兄弟の離反《りはん》をなげく。この引用は三郎が妻に語る言葉である。

「長い物には巻かれよ」とは逆の、竹を割ったような道理である。

この後、錦戸太郎が軍を率いて攻めて来たので、妻は、夫が後顧《こうこ》の憂《うれ》いなく戦えるようにと自害し、三郎は奮戦ののち、切腹して果てる。

谷行《たにこう》

かくて時刻《じこく》も移《うつ》るとて、皆面々《みなめんめん》に思《おも》ひ切《き》る、邪見《じゃけん》の剣《つるぎ》身《み》を砕《くだ》く心《こころ》をなして、かの人《ひと》を嶮《けわ》しき谷《たに》に落《おと》し入《い》れ、上《うえ》に覆《おお》ふや石瓦《いしかわら》、雨土塊《あめつちくれ》を動《うご》かせる。心《こころ》をいため声《こえ》をあげ、皆面々《みなめんめん》に泣《な》き居《い》たり。

そこで、時間もたつので、皆それぞれに、非情《ひじょう》の剣《つるぎ》で（同情の）心を断ち切り、身を砕かれる思いで、かの人（松若）をけわしい谷に落とし、石や瓦で覆った。雨が土くれを（松若の上に）流した。みんなが心痛のあまり、声を上げて泣いていた。

山伏たちが熊野《くまの》山中に修行に行くことになった。阿闍梨《あじゃり》（山伏のリーダー）の幼い弟子、松若も病気の母の治癒祈願のため同行すると言う。阿闍梨も母も、苦しい修行ゆえ思い止まるように説得したが、松若の親孝行の心は固く、しまいに許される。

一行が葛《かずら》城山《きやま》に着いた頃、松若は疲労から病気になる。困ったことに、「谷行《たにこう》」という山伏の掟《おきて》があり、峰入り修行中に病気になった者は谷底に生き埋めにすることになる。一同考えたが名案はなく、涙ながらに谷行を決行する。引用の文はそのさまである。

一夜明け、役《えん》の行者《ぎょうじゃ》（奈良時代、修験道《しゅげんどう》の祖。神通力の持主）が現れ、松若を親孝行に免じて蘇生《そせい》させる。

春栄《しゅんねい》

なう《の》なう《の》暫《しばら》く。こは如何《いか》に。命《いのち》を助《たす》け申《もう》さんとてこそ、家人《けにん》とは申《もう》しつれ、忠《ちゅう》が不忠《ふちゅう》になりけるか。許《ゆる》させ給《たま》へ兄御前《あにごぜん》。

あのう、ちょっとお待ちを。これはどうしたこと。命をお助けしたいために（兄上のことを）「家《け》来《らい》」と申しましたのに、忠がかえって不忠になってしまいましたか。お許し下さい、兄上。

少年春栄丸《しゅんえいまる》は戦いに深入りして生け捕られ、頼朝の家臣、伊豆三島《みしま》の高橋に預けられた。兄の種直《たねなお》は弟が生きているうちに一度会いたいと思い、高橋に弟との面会を申し入れる。ところが春栄は兄に不幸を及ぼしてはならぬと思い、自分は兄などいないと言う。高橋にすすめられて兄を物陰から見たのちも、あれは家《か》臣《しん》だと言い、追い返すように頼む。

高橋は両人を引き会わせるが、それでも春栄は兄を家臣だと言い張る。種直は、兄を兄と認めないなら腹を切ると言う。

春栄はあわててこの引用文のように言う。種直も春栄も涙にくれ、警護の兵たちも「げに持つべきは兄弟なり」と感涙《かんるい》をもよおす。究極の兄弟愛の物語。

やがて鎌倉から早馬《はやうま》で、春栄を助命する旨の知らせが来て、一同大喜びする。

柏崎《かしわざき》

なからん父《ちち》が名残《なご》りには、子《こ》ほどの形見《かたみ》あるべきか。

今は亡き父の思い出として、子供にまさる形見があろうか。

越後の国（新潟県）の柏崎殿《どの》は訴訟の件で、家来の小太郎と一子《いっし》花若をつれて鎌倉に居住していたが、風邪をこじらせて急死した。父の死を嘆いた花若少年は、書き置きを残して姿を消してしまった。小太郎は主君の形見の品々と花若の書き置きを持って柏崎に帰る。奥方《おくがた》は、事情を聞き形見を見て、涙にくれる。花若の文面には、三年の予定で仏道の修行に出かけるとあった。これを読んだ母は、まず引用文のように言う。ついで母は、「仏道修行に出る前にどうして母に一目逢おうと思わないのか」と恨みがましく言うが、そこは母、わが子の無事を神仏に祈る。

子への愛情を述べた文は数々ある。わが国の代表格は万葉集の「銀《しろがね》も金《くがね》も玉も何せむにまされる宝子にしかめやも」（山上憶良）であろう。また旧約聖書「サムエル後書《こうしょ》」には、ダビデ王が、わが子アブサロムが王位を乗っ取ろうとして逆に殺されたことを聞き、「ああアブサロム、わしが代りに死ねばよかったのに」と泣いたという話がある。

どちらの例も感動的であるが、「子は最高の形見」には意表を突く比喩がある。

親《おや》は千里《せんり》を行《ゆ》けども、子《こ》を忘《わす》れぬぞ真《まこと》なる。子《こ》はあって千年《せんねん》をふれども、親《おや》を思《おも》はぬ習《なら》ひとは、今身《いまみ》の上《うえ》に知《し》られたり。

木賊《とくさ》

親は千里（四千キロ）先へ行っても子供のことを忘れないというのは、本当だ。一方、子供があったところで、千年を経ても子は親を思わない、ということがいま身につまされて分かった。

旅僧が信濃《しなの》の国（長野県）の山の宿で老主人に聞いた話では、老人には息子が一人あったが、人に誘われて行ったきり帰らない。この宿所《しゅくしょ》も、旅人の話から我が子の消息を期待して建てたのだと言う。老人は旅僧に酒をすすめるが、仏の戒《いまし》めだからと断られ、飲酒のおもしろさを故事《こじ》を引いて語るうちに、話は親子の情愛に及ぶ。ここで引用の文を言い出し、息子への恨み言《ごと》を並べる。やがて旅僧が連れてい た迷子の子がそれとわかり、親子ともに喜び合う。

親が子を愛するのは自然な感情で、謡曲では「天鼓《てんこ》」「昭君《しょうくん》」、および数々の子探しの曲に扱われる。しかし「親の心子知らず」の諺どおり、子が親を愛する話は「谷行《たにこう》」「小袖曾我」「熊野《ゆや》」など、少数の作品に限られている。

海人《あま》

さては亡母《ぼうぼ》の手跡《しゅせき》かと、ひらきて見《み》れば、
魂《たましい》黄壌《こうじょう》に去《さ》って一十三年《いちじゅうさんねん》、骸《かばね》を白砂《はくさ》にうづんで日月《じつげつ》の算《さん》を経《ふ》。
冥路昏々《めいろこんこん》たり。我《われ》を弔《とむろ》ふ人《ひと》なし。君孝行《きみこうこう》たらば我《わ》が冥闇《めいあん》を助《たす》けよ。

さてはこれが亡き母上の筆跡かと、開いて見ると、「私の魂があの世に去ってから十三年になる。死骸を白砂《しらすな》に埋めてから長い年月がたった。冥土はただただ暗い。私を弔う人はいない。そなたが親孝行なら、私を冥土の闇路《やみじ》から救え」（とあった）。

若い房前《ふさざき》の大臣《だいじん》が、母は讃岐《さぬき》の国（香川県）志度《しど》の浦で亡くなったと聞いて、追悼《ついとう》のためそこに赴くと、一人の海女《あま》に逢い、ふしぎな話を聞く。

「唐の高宗皇帝は、淡海公《たんかいこう》（藤原不比等《ふびと》）の妹を后《きさき》に迎え、お礼に藤原氏の氏寺《うじてら》の興福寺へ三つの宝を送ったが、その一つ宝玉《ほうぎょく》が海で龍に横取りされた。淡海公はこの浦の海女に男子を産ませ、海女に、宝玉を取り戻したら子を世継ぎにすると約束する。海女は海底の竜宮から玉を盗み、乳房の下を切って入れる。玉は無事だったが、海女は落命した。」

海女は、我こそ御身《おんみ》の母の幽霊、と告げ、書き物を渡して回向《えこう》を頼む。引用の原文は、房前の大臣がこの書き物を読むところである。簡潔の極み、迫力の文。

国栖《くず》

身《み》は十善《じゅうぜん》のかひぞなき、一葉《いちよう》の舟《ふね》の行《ゆ》く末《すえ》、万乗《ばんじょう》の位《くらい》、終《つい》になど帰《かえ》らざらめや。都路《みやこじ》にかはるも同《おな》じ秋津洲《あきつす》の、よしや世《よ》の中治《なかおさ》まらば、命《いのち》の恩《おん》を報《ほう》ぜんと、綸言肝《りんげんきも》に銘《めい》じつつ、夫婦《ふうふ》の老人《ろうじん》は、忝《かたじけな》さに泣《な》き居《い》たり。

「(これでは)前世で十善の果報《かほう》を受けて天子に生まれたかいがない。櫂《かい》のない一そうの舟のようだが、行く末には天子の位に復帰してきっと都に帰るであろう。ここは都ではないが、同じ日本の国のこと、もし世の中が治まったら、命を救ってくれた恩に報いよう」とのお言葉を心に刻みつけて、老夫婦はあまりの有難さに泣いていた。

十善《じゅうぜん》―天子の位につくのは、前世の十の善行によるとされていた。　万乗《ばんじょう》の位―天子の位。　秋津洲―日本の古い別称。　綸言《りんげん》―天皇のお言葉。

伯父大友の皇子の軍に追われて、吉野山中の国栖《くず》まで逃れてきた清見原《きよみばら》の天皇に、老夫婦が献身的に尽し、追手が迫ると、船を伏せてその中に天皇を隠し、危機からお救いした。(六六ページ参照)命が助かったことを知って、天皇は右のように仰《おお》せになる。貴賤《きせん》を超えた心の溶け合い、義理の発露を描いている。

四

芸道・遊興

小鍛冶

経政《つねまさ》

第一第二《だいいちだいに》の弦《げん》は、索々《さくさく》として秋《あき》の風《かぜ》、松《まつ》を払《はら》って疎韻《そいん》落《お》つ。第三第四《だいさんだいし》の弦《げん》は、冷々《れいれい》として夜《よる》の鶴《つる》の、子《こ》を思《おも》って籠《こ》の中《うち》に鳴《な》く。

（五弦琴《きん》の）第一第二の弦はざわざわと低く響き、秋風が松の枝を払うように、まばらな音をたてる。第三第四の弦はりんりんと高く、籠《かご》の中の鶴が夜分《やぶん》に子を思って鳴く声のようだ。

平経政《たいらのつねまさ》は仁和寺《にんなじ》で少年期を過ごし、早くから詩歌管弦《しいかかんげん》の道に親しんで、琵琶《びわ》の名手と言われたが、一の谷で戦死した。幼いころから彼を寵愛していた帝《みかど》は、宮中で経政愛用の琵琶「青山《せいざん》」を仏前にそなえ、法事の管弦講をいとなまれた。すると夜ふけて経政の霊が現れ、この琵琶をひく。おりしも松風の音が琴の音に和して聞こえる。

この文は白居易《はくきょい》の詩「五弦弾《ごげんだん》」からの引用で、厳粛な雰囲気を添え、叙情性を高めている。この詩行は「蝉丸《せみまる》」などにも引用されている。

経政の霊はやがて立ち上がって舞い遊ぶが、地獄の責め苦にあえぎつつ消えて行く。

祖父《おおじ》は琵琶《びわ》を調《しら》むれば、姥《んば》は琴柱《ことじ》を立《た》てならべて、
撥音《ばちおと》爪音《つまおと》ばらりからり、からりばらりと、感涙《かんるい》もこぼれ、
嬰児《えいじ》も躍《おど》るばかりなり。弾《ひ》いたり弾《ひ》いたり、面白《おもしろ》や。

老人が琵琶をひくと、老婆は琴柱《ことじ》を立て並べて（ひき始め）、撥《ばち》でひく（琵琶の）音、爪でひく（琴の）音が、ばらりからり、からりばらりと鳴り響き、（これを聞けば）感動の涙がこぼれ、乳飲み子だって躍り出すほどの名調子だった。ひきもひいたり、何というすばらしさ！

琵琶の名手、藤原師長《もろなが》は、唐の国でさらに芸を磨こうと京を離れ、須磨で出あった老夫婦の家に泊めてもらう。師長が請《こ》われて琵琶をひき始めると、雨が降ってきて、軒板《のきいた》にあたる。老人は、調子が狂うからと、苫《とま》（こも）で軒板を覆う。師長が老人をただ者でないと思い、琵琶を一曲所望《しょもう》すると、老人は琵琶を、老女は琴をひき始める。引用文はその様子を描いている。「ばらりからり……」という大らかな擬音がいい。

名人芸に心うたれた師長は、渡唐《ととう》の意図を恥じ、ひそかに都へ帰ろうとする。この老夫婦は琵琶「絃上《けんじょう》」を愛用した村上天皇と、その后《きさき》で琴の名手、梨壺《なしつぼ》の霊であった。

天鼓《てんこ》

打《う》ち鳴《な》らすその声《こえ》の、打《う》ち鳴《な》らすその声《こえ》の、
呂水《ろすい》の波《なみ》は滔々《とうとう》と、打《う》つなり打《う》つなり汀《みぎわ》の声《こえ》の、
よりひく糸竹《いとたけ》の、手向《たむ》けの舞楽《ぶがく》は有難《ありがた》や。

（天鼓が）打ち鳴らす鼓の音は、汀《みぎわ》を打つ呂水《ろすい》（川の名）の波とともに、とうとうと鳴り響く。寄せたりひいたりする波の音、大ぜい寄って弾く管弦の楽。回向《えこう》の舞楽《ぶがく》の有難さよ。

漢の時代、王伯《おうはく》・王母《おうぼ》という夫婦がいた。ある夜王母が、天から鼓《つづみ》が降って来る夢を見たところ、やがて男の子が生まれ、その後、鼓が降って来た。子供は天鼓《てんこ》と名づけられ、この鼓を愛用して、世にも美しい音色を響かせていた。すると時の帝がこれを聞き、その鼓を献上せよと命ずる。天鼓は鼓を惜しんで山中に隠れたが、探し出され、天命《てんめい》にそむいた罰として、呂水《ろすい》に沈められた。

鼓は宮中に運ばれたが、誰が打っても音が出ないので、帝は王伯を呼んで打たせた。鼓は妙音を発し、帝は深く感じ入って、天鼓を弔う管弦講を呂水のほとりで催す。すると夜中に天鼓の霊が現れて回向に感謝し、鼓を打ち鳴らして興ずる。

引用の文は、天鼓も加わった管弦講の描写の一部。大小の言葉の反復が有効に響く。「よりひく」は「（皆で）寄り弾く」に「（糸を）縒《よ》り引く」をからませている。

江口《えぐち》

歌《うた》へや歌《うた》へうたかたの、哀《あわ》れ昔《むかし》の恋《こい》しさを、今《いま》も遊女《ゆうじょ》の舟遊《ふなあそ》び、世《よ》を渡《わた》るひとふしを、歌《うた》ひていざや遊《あそ》ばん。

うたえ、うたえ、泡のようにはかない昔の恋しさを今も口にする遊女の舟遊びだ。憂《う》き世を渡るための歌のひとふしをうたって、さあ、遊ぼう。

むかし摂津《せっつ》の国（大阪と兵庫の県境一帯）に江口という宿駅《しゅくえき》があり、ここの宿《しゅく》の女主人に「江口の君」という遊女がいた。旅僧がここを通りかかり、西行法師が一夜の宿を乞うて断られた話などを思い出してたたずんでいると、若い女が現れてその時のいきさつを語り、江口の君の幽霊と名乗って消える。旅僧が回向《えこう》を始めようとすると、月澄みわたる川の面《おもて》に遊女たちが大ぜい舟遊びに興ずる姿が見えてくる。これはその時の歌の初めの方である。

宿場の遊女は、多くの男たちとその場かぎりに睦《むつ》み合って暮らしている。これを例文は「うたかた（泡沫《うたかた》）の、哀（泡）れ昔の恋しさを今も遊《ゆう》（言う）女の舟遊び」と洒落《しゃれ》ている。また文の初めに「うた」の三連音のあることにも注目したい。屈託《くったく》のない明るさ。「江口の君」は、実は菩薩《ぼさつ》の化身《けしん》だった。（一一四ページ参照）

放下僧《ほうかぞう》

西《にし》は法輪《ほうりん》。嵯峨《さが》の御寺廻《おんてらまわ》らば廻《まわ》れ。水車《みずぐるま》の輪《わ》の臨川堰《りせんせき》の川波《かわなみ》。
川柳《かわやなぎ》は水にもまるる。ふくら雀《すずめ》は竹《たけ》にもまるる。
都《みやこ》の牛《うし》は車《くるま》にもまるる。茶臼《ちゃうす》は挽《ひ》き木《ぎ》にもまるる。
げにまこと、忘《わす》れたりとよ、こきりこは放下《ほうか》にもまるる。

西には法輪寺がある。嵯峨のお寺廻りをするのもいい。水車が廻る臨川堰《りせんせき》は川波が立っている。川柳は水に揉《も》まれて難儀する。太った雀は竹に揉まれて難儀する。都の牛は車をひかされて難儀する。茶臼はひき木に廻されて難儀する。まったく実際、忘れていたなあ、こきりこは放下《ほうか》（大道芸人）に振り回されて難儀するのだった。

臨川堰―臨川寺《りんせんじ》前の川の堰《せき》。　茶臼―抹茶をひく石臼。　こきりこ（小切子）―竹筒の中に小豆《あずき》を入れたもので、手玉にとったり打ち合わせたりして鳴らした。

放下《ほうか》に身をやつした僧がうたう小歌《こうた》である。小歌は室町時代に流行した短い歌謡。またこの中には、当時はやったという「もまる節」が使われている。

この歌は、回転のイメージで一貫している。「法輪《ほうりん》」は輪廻《りんね》の観念を含む。嵯峨の寺廻り。水車。「もまる」の反復（円環）動作。「車」も「茶臼」も「こきりこ」も回転する。そして回転には、輪廻や諸行無常への連想が働く。なかなかの歌である。

花月《かげつ》

いで物見《ものみ》せん鶯《うぐいす》とて、履《は》いたる足駄《あしだ》をふんぬいで、
大口《おおくち》のそばを高《たか》く取《と》り、狩衣《かりぎぬ》の袖《そで》をうつ肩脱《かたぬ》いで、花《はな》の木陰《こかげ》にねらひ寄《よ》って、
よっぴきひゃうど射《い》ばやと思《おも》へども、仏《ほとけ》の戒《いまし》め給《たも》ふ殺生戒《せっしょうかい》をば破《やぶ》るまじ。

さあ見ていろ鶯《うぐいす》め、と履いた足駄を威勢《いせい》よくぬぎ、大口袴《おおくちばかま》のふちを高く上げ、狩衣《かりぎぬ》の袖をまるまる肩までぬいで、桜の木陰に寄ってねらいを定め、弓を引き絞ってひょうと射ようと思うが、しかし、仏が戒《いまし》めておいでになる殺生戒《せっしょうかい》を破るのはよそう。

七歳のとき天狗《てんぐ》にさらわれ、山々で苦労を重ねた一人の少年が、今や仏道に精進《しょうじん》し、芸を身につけて、「花月《かげつ》」という若い大道芸人になり、瓢々《ひょうひょう》と暮らしている。

今日も清水寺《きよみずでら》で小歌をうたっていると、一羽の鶯が飛んで来て花を散らしたので、「この不届き者め、射落としてくれる」と、大げさな身ぶりで構えるが、けっきょくは「殺生《せっしょう》はやめよう」と、見物人に肩すかしをくらわす。花月は、修業者のきまじめさと芸人のこっけいさの融け合った、豊かな人間像を見せる。

花月の父は子を失った失意から出家し、諸国をめぐって修行をつづけているが、たまたま清水寺に来合わせて我が子に逢い、二人連れ立って仏道の修行に旅立つ。

自然居士《じねんこじ》

さざ浪《なみ》やさざ浪や、志賀辛崎《しがからさき》の松《まつ》の上葉《うわば》を、さらりさらりとささらの真似《まね》を、数珠《じゅず》にて摺《す》れば、ささらよりなほ手《て》をも摺《す》るもの。今《いま》は助《たす》けてたび給《たま》へ。

さざ浪の立つ、さざ浪の立つこの志賀の浦。辛崎の松の木の上の葉が落ちて来て（扇にかかるのを）、さらりさらりと数珠《じゅず》で払いのけ、（扇と数珠とで）ささらの真似《まね》をしたら、ささらを擦《す》るというよりは、手を擦る形になった。（手を合わせて頼むのだから）今度こそ（女の子を）助けてください。

ささら―先を細かく割った竹。これを、ぎざぎざをつけた棒にこすりつけて音を出す。田楽《でんがく》系の楽器で、舞に用いた。

両親を失った少女が、供養《くよう》のため人買いに身を売って小袖（袖のせまい着物）を買い求め、仏前に供えた。仏道修行中の自然居士《じねんこじ》は、少女を取り戻すことこそ仏の道と、人買いの後を追って志賀の浦まで行くが、人買いは少女を連れて船を出したところ。居士は船べりに取りつき、機知の冴《さ》えた交渉をする。人買いは、殺すとおどしても居士が屈しないので、ついにあきらめ、舞を見せてくれたら子供を返すと言う。引用文は居士のささらの舞の歌である。居士は首尾よく少女を連れて帰る。

申《もう》すにつけて憚《はばか》り多《おお》く、御心《おんこころ》の中《うち》も恥《はず》かしや。
さりながら、申《もう》さで過《す》ぎばいとどしく、
願《ねが》ひの糸《いと》の色見《いろみ》えぬ、やみの錦《にしき》のたとへても、身《み》の果《は》ていかになりぬらん。

祇王《ぎおう》

口はばったい、恐縮なことで、（相国《しょうこく》様の）お心をお察しすると、恥ずかしくなります。しかし私の願いを申さずに終われば、（相国様にお会いしたい気持ちは）いよいよ増すばかりで、（うだつの上がらない）この身は、念願の糸の見えない「暗闇の錦」のように、この先どうなるか分かりませんので。

入道相国《にゅうどうしょうこく》（平清盛）は祇王《ぎおう》という白拍子《しらびょうし》を寵愛して、酒宴に同席させていた。ある日、仏御前《ほとけごぜん》という白拍子が相国にお近づきになりたいと願い出た。しかし相国は、祇王がいる以上それはならぬと、聞き入れない。これを知った祇王は、相国に仏御前との面会をすすめる一方、四、五日の間勤めを休んだ。相国はついに、二人一緒に出て来るように、家来に伝えさせる。これを聞いた仏御前は家来に厚かましさの言いわけをする（引用文）。

将来の展望を開くための願いを申し出ないのは、素質や大望《たいもう》が「闇の錦」（成句）に終わってしまうとは、うまい比喩である。

賤《しづ》やしづ、賤《しづ》の苧環《おだまき》繰《く》り返し、昔《むかし》を今《いま》になすよしもがな。

吉野《よしの》静《しずか》

賤《いや》しい女、静《しずか》よ、賤しい女が苧環《おだまき》（麻糸《あさいと》の玉）の糸を巻き取るように、今の世の中を（義経様に運が向いていた）昔にもどすことができたらなあ。

義経は兄頼朝に追われ、吉野山に身をひそめていたが、吉野山の僧兵たちも頼朝に味方するようになり、義経は佐藤忠信ひとりに後をまかせて、夜のうちに山を降りることにした。忠信は静御前《しずかごぜん》と謀《はか》って、自分は僧兵たちと語り合い、静御前は舞を舞って僧兵たちを慰め、時間をかせいだ。これはその時の舞い歌である。義経一行は無事のがれる。

「しづ」には「静《しずか》」「賤《しず》」「倭文布《しずぬの》」（一種の麻織物）などの意味が重なっている。引用文の前半は、文字通りには、「身分の低い女の静が、倭文布を織るための糸を苧環《おだまき》から巻き取っている」ということになる。

これは『伊勢物語』に元歌がある。

「いにしへのしづのおだまきくりかへしむかしを今になすよしもがな」

（もう一度あなたとの昔の仲を今にもどせたらなあ）

明治四十三年の文部省唱歌「鎌倉」に、「若宮堂の舞の袖／しづのおだまきくりかへし／かへせし人をしのびつつ」とあるが、これは頼朝に捕えられ、舞を強要された時のこと。

小鍛治《こかじ》

宗近《むねちか》も恐悦《きょうえつ》の心《こころ》を先《さき》として鉄《かね》取《と》り出《い》だし、
教《おし》への槌《つち》をはったと打《う》てば、ちょうど打《う》つ。
ちょうちょうちょうど打《う》ち重《かさ》ねたる槌《つち》の響《ひび》き、天地《てんち》に聞《きこ》えておびたたしや。

宗近も、恐れながらも喜んで、鉄《てつ》を取り出して最初の槌をはったと打つと、相手はちょうと打つ。ちょうちょうちょうと連打する槌の響きは天地に鳴り響く。

時の帝が霊夢《れいむ》によって、小鍛治宗近《こかじむねちか》に新しい剣《つるぎ》を打って納めよとの宣旨《せんじ》（命令）を出された。宗近は、御剣《みつるぎ》を鍛《きた》えるにふさわしい相棒がいないので困ったあげく、氏神《うじがみ》の稲荷《いなり》明神に祈願する。すると一人の童《どう》子《じ》が現れて、勅命《ちょくめい》のことは承知だと言い、中国・日本古来の剣の尊厳と功績について語り、相槌《あいづち》の役を引き受けようと言う。宗近は喜んで、どういうお方かと尋ねるが、それには答えず、童子は稲荷の山かげに隠れる。

宗近が壇を作り、浄《きよ》めのしめ縄《なわ》を張って祈願していると、稲荷明神が現れる。明神は壇に上がると宗近に膝《ひざ》まづいて礼をし、「さて御剣《みつるぎ》の鉄《かね》は」と問う。これにつづくのが引用文である。やがて見事な剣が出来上がり、明神は雲に乗って東山《ひがしやま》稲荷《いなり》に飛び去る。

最高の技芸《ぎげい》は神助《しんじょ》によって全うされる、という話。連打の擬音が面白い。

猩々《しょうじょう》

老《お》いせぬや、老《お》いせぬや、薬《くすり》の名《な》をも菊《きく》の水《みず》。
盃《さかずき》も浮《う》かみ出《い》でて、友《とも》に逢《あ》ふぞ嬉《うれ》しき、この友《とも》に逢《あ》ふぞ嬉《うれ》しき。

年を取らない、年を取らない薬で、その名は菊の水。これを盃に汲むと、中から（顔が）浮かび出る。友に逢うのが嬉しい、この友に逢うのが嬉しい。

中国、楊子《ようす》の里のある孝行息子が、夢のお告げに従って、楊子の市《いち》で酒を売ったところ、お告げどおり金持ちになった。ところで、市のたびに来て大酒を飲み、顔色も変らない人物がいるので、名を問うと海中に住む猩《しょうじょう》々だと言う。ある夜この酒商人が入江のほとりに酒壺《さかつぼ》を出して待っていると、右のような歌をうたいながら猩々がやって来る。

中国では古くから、菊に宿る露（菊水《きくすい》）を長寿の薬と信ずる言い伝えがあり、やがて酒を菊水と同一視して、これも長寿の薬とみる風潮が生ずる。

超自然的な人物の猩々が、酒商人を友人と見なし、同時に盃にうつる自分の顔を友と思って、今夜また酒が飲めることを無邪気に喜んでいる。やがて月のもと、飲みかつ舞い謡ってしばらく過ごしたのち、猩々はお礼にと、いくら飲んでも尽きることのない酒壺を置いて、よろけながら去って行く。理屈ぬきの無邪気な喜びの曲。

難波女《なにわおんな》のかづく袖笠《そでがさ》ひぢ笠《がさ》の、雨《あめ》の芦辺《あしべ》も乱《みだ》るるかたを波《なみ》、あなたへざらり、こなたへざらり、ざらりざらり、ざらざらざっと、風《かぜ》のあげたる古簾《ふるすだれ》。つれづれもなき心面白《こころおもしろ》や。

難波の女は肘《ひじ》を上げ、袖《そで》を笠がわりにかぶって雨をしのぐ。雨で芦《あし》の生えた水辺《みずべ》も女の足元も乱れたところへ、盛り上がった波が、ざらりざらりと寄せて来て、芦をゆさぶり、まるで古すだれが風に舞い上がったような音。面白くて退屈しない。

かづく――かぶる。　乱るるかたを波――「乱るる方を」と「片男波《かたおなみ》」（盛り上がった波）の合成。山辺赤人《やまべのあかひと》の「和歌の浦にしほみちくらし潟《かた》をなみ蘆辺《あしべ》をさして田鶴《たず》なきわたる」に連想を広げて楽しむ。

難波《なにわ》の夫婦が協議の上、しばらく別れて暮らすことにした。妻は都の貴族の家の乳母《うば》となり、生活も安定したので、三年後に帰って来た。一方、夫は芦《あし》売りの行商になって方々をさまよっている。ある日、難波に芦売りの夫が来て、大道芸人よろしく舞や謡を披露《ひろう》する。引用文はこの時の歌である。愉快な情景を豊かな擬音が盛り上げている。

芦刈《あしかり》

賀茂《かも》物狂《ものぐるい》

花《はな》やかなりし春過《はるす》ぎて、夏《なつ》もはや北祭《きたまつり》。今日《きょう》また花《はな》の都人《みやこびと》行《ゆ》きかふ袖《そで》の色々《いろいろ》に、貴賤群集《きせんくんじゅ》の粧《よそお》ひもひるがへす袂《たもと》なりけり。

花が咲き乱れていた春が過ぎて、もう北祭（葵祭《あおいまつり》）の夏が来た。今日も花やかな都の人々が行き来し、袖の色もとりどりに、身分の高い人、低い人、さまざまな群集が衣裳をこらし、袂《たもと》をひるがえして通って行く。

都のある男が、東国《とうごく》見物に出かけたまま三年もたち、今日ようやく懐しい都に帰って、まず加茂神社に参詣に来た。彼の妻は夫を捜す物狂いとなって、やはりこの神社に来ていた。男はこの女が自分の妻だとわかるが、人目を恥じて他人をよそおい、妻が奉納《ほうのう》の舞を舞うのを見ている。引用文はこのときの舞い歌。北祭は今はふつう葵祭という。上賀茂神社、下鴨神社（総称して賀茂または加茂神社）の祭で、陰暦四月・十一月に行なわれた。今は五月十五日である。冠《かんむり》や牛車《ぎっしゃ》などを賀茂葵《かもあおい》（フタバアオイ）で飾ったのでこの名がついたという。古来、京の都最大の祭である。

右の文で、祭の人出のにぎやかさ、花やかさの描写は色とりどりの花が咲く花園を連想させる。なお「色々」という語は本来、「さまざまな色」の意。

さす盃《さかずき》の廻《めぐ》る夜《よ》も、
明《あ》くれば暮《く》るるも、白菊《しらぎく》の花《はな》を肴《さかな》に、立《た》ち舞《も》ふ袂《たもと》、酒狂《しゅきょう》の舞《まい》とや人《ひと》の見《み》ん。

三笑《さんしょう》

（舞の手で）差し出す盃のめぐる夜も、明けてはまた暮れるのだが、それにも気づかず、白菊の花を肴《さかな》に飲み、袂《たもと》をひるがえして舞を舞う。人は酔狂《すいきょう》の舞と見るだろう。

晋《しん》の国の恵遠禅師《えおんぜんじ》は蘆山《ろざん》の庵《いおり》にこもって修行すること三十年、庵と世間をむすぶ虎渓橋《こけいきょう》を二度と渡るまいと誓っていた。ある日、詩人の陶淵明《とうえんめい》と神仙術士《しんせんじゅつし》の陸修静《りくしゅうせい》が禅師をたずねて来た。禅師は二人を歓待し、共に酒を飲んで語り合ううち、やがて立ち上って舞いうたう。この時の謡いの一部が引用文である。舞の手に持った盃（舞台では扇で代用）が宙に舞うのと、昼夜が交替でめぐって来るのを重ねて、「さす盃の廻《めぐ》る夜も」と言い表わしている。また、「白菊」には「知らず」の意が含まれているし、「立ち舞ふ袂」には「た」の頭韻がある。

このの ち三人は酔いに乗じて散歩に出かけ、よろよろと進むうち、いつしか虎渓橋を渡って先まで行ってしまった。陶淵明が禅師に「禁足《きんそく》（足止め）はお破りになるのですか」と言うと、三人は手を打って大笑いする。能に唯一の笑いの曲。

波《なみ》の花《はな》散《ち》る白衣《はくえ》の袖《そで》、玉《たま》の笛《ふえ》の音声《ねこえ》澄《す》みて、
簫《しょう》笛《ちゃく》琴《きん》箜篌《くご》、弧雲《こうん》の響《ひび》き、天《てん》もうつるや須磨《すま》の浦《うら》の、青海《あおうみ》の波風《なみかぜ》しんしんたり。

須磨源氏《すまげんじ》

（光源氏が）波の花が散るかのように白衣《はくい》の袖をひるがえすと、美しい笛の音が澄み渡って聞こえ、簫《しょう》、笛《ふえ》、琴《こと》、箜篌《くご》の音が空に一つ浮かんだ雲にひびく。須磨の浦に「青海波《せいがいは》」が聞こえ、青い海の波風は静まり返っている。

簫《しょう》―中国の縦笛。二、三十本の管を束ねて吹奏する。　箜篌《くご》―古代・中世に東洋諸国で使っていたハープ系の弦楽器。　青海《あおうみ》の波―雅楽「青海波《せいがいは》」の含みもある。

宮崎の宮司《ぐうじ》が伊勢神宮参拝の道すがら須磨の浦（神戸市）に立ち寄ると、老人が現れて光源氏の話を聞かせ、一晩ここにいれば源氏が姿を見せるだろうと言って、姿を消す。

宮司が旅寝していると、波の音に音楽が重なって聞こえ、源氏がありし日の優雅な姿で現れて、須磨の浦の美景に昔を偲びつつ舞いうたう。引用文はその謡いの一部である。

晴れた夜空の光を映す青い静かな海。舞う光源氏の白い衣服、ひるがえる白い袖。白と青のすがすがしい色調。これが神々《こうごう》しい天楽《てんがく》に和している。

融《とおる》

千重《ちえ》ふるや、雪《ゆき》を廻《めぐ》らす雲《くも》の袖《そで》。
さすや桂《かつら》の枝々《えだえだ》に、光《ひかり》を花《はな》と散《ち》らすよそほひ。

（融《とおる》の大臣《おとど》は）雲が雪を降らせ風に散らすように、袖を何度も振りかざして舞う。扇をさし上げると月光もさして、あたかも月の（世界に生えているという）桂の枝々に光がそそぎ、桂の花を散らしているかのような舞い姿。

嵯峨《さが》天皇の末の皇子は、左大臣　源　融《みなもとのとおる》として皇族の身分をはなれて、六条河原《ろくじょうがわら》に邸宅を構え、大庭園に塩竈《しおがま》（宮城県・松島湾）の風景を造営した。広大な池に海水を満たし、島を造って松を植え、塩焼きまで行なったという。

旅僧が「六条河原の院」に着くと、老人が汐汲みの桶《おけ》を竿《さお》でかついで現れ、昔の院の塩竈の名月をほめ讃《たた》え、荒れ果てた現状をなげく。後場《のちば》、名月のもと、ありし日の融《とおる》の大臣《おとど》が現れて舞う。引用文はこのときの融の謡いの一部である。

満月の白い光に映えて、融が振り動かす袖から光の破片が雪のように舞い、差し上げてひらめかす扇からも光が飛び散って、あたかも月光が伝説の月の桂の枝々に当たって、花を散らしているかのよう。光また光、光の遊舞《ゆうぶ》。

雲林院《うんりんいん》

夜遊《やゆう》の舞楽《ぶがく》も時移《ときうつ》れば、名残《なご》りの月《つき》も山藍《やまあい》の羽袖《はそで》、返《かえ》すや夢《ゆめ》の告《つ》げの枕《まくら》、この物語《ものがたり》、語《かた》るとも尽《つ》きじ。

夜の舞を舞って時がたったので、名残りは尽きないが、名残りの月も山あいにかかっている。山の藍《あい》で染めた軽い袖をひるがえしながら舞って、夢のお告げの物語をくり返し語ってきたが、（夢を運ぶという）ツゲの枕に物語をいくら語っても尽きまい。

『伊勢物語』の愛読者、芦屋の公光《きんみつ》という人が、夢を見た。紅《くれない》の袴《はかま》の女性と束帯《そくたい》（朝廷の礼装）の男性が『伊勢物語』を持ってたたずんでいるので、近くにいた老人に聞くと、あれこそ物語の主人公、在原業平《ありわらのなりひら》と二条の后《きさき》、所は京都 紫野《むらさきの》の雲林院《うんりんいん》、と教えてくれる。目覚めた公光《きんみつ》が雲林院をたずねると、一人の老人がいる。公光が、ふしぎな夢の話をすると、老人は自分が業平《なりひら》であるとほのめかし、夕霞《ゆうがすみ》の中に消える。

夜も深まると、業平の霊が正装で現れ、『伊勢物語』の中の美しい物語を公光に語り、夜遊《やゆう》の舞《まい》を見せる。初めに引用した文は、夜遊も終りに近い業平の言葉である。別れの挨拶とはいえ、風流な、凝《こ》った文章である。「月」「山藍」「返す」「告げ」などの言葉に二重の意味を含ませ、濃厚な味を出している。

富士太鼓《ふじだいこ》

持《も》ちたる撥《ばち》をば剣《つるぎ》と定《さだ》め、
瞋恚《しんに》の炎《ほのお》は太鼓《たいこ》の烽火《ほうか》の、天《てん》に上《あが》れば雲《くも》の上人《うえびと》。

　手に持った撥《ばち》を剣と見なして（仇《かたき》の太鼓に向かうと）、怒りの炎は（舞楽《ぶがく》の）太鼓の火炎《かえん》のように燃え上がる。火炎が天に昇ったから、（楽人《がくじん》富士は）雲の上人だ。

宮中の管弦の催しのため、天王寺の太鼓の名手、浅間《あさま》という者が召し出された。ところが、住吉の富士《ふじ》という者も太鼓の名手で、これも管弦の役をいただこうと都にのぼって来た。浅間は富士を憎く思い、これを殺害した。

富士の妻は、待てど暮らせど夫が帰らないので、娘をつれて都にのぼり、はじめて夫の討たれたことを知る。形見の装束《しょうぞく》を渡されて悲嘆にくれ、ついに心乱れて、夫の装束を身にまとい、太鼓のせいで夫は死んだのだと、太鼓を仇《かたき》と見なして打ちまくる。引用文はこの時の言葉の一部である。

夫の仇である太鼓に立ち向かったら、はげしい怒りは舞楽《ぶがく》の太鼓の火炎《かえん》飾りのように燃えさかり、天に昇った。天に昇ったのだから夫の富士は雲《くも》の上人《うえびと》（殿上人）だ、と自分の気持ちを巧みに操って、怒りや恨みを解消する。見事な意識の転換。

嵐山《あらしやま》

色々《いろいろ》の花《はな》こそまじれ、白雪《しらゆき》の、木守勝手《こもりかって》の恵《めぐ》みなれや。

松《まつ》の色《いろ》、青根《あおね》が峯《みね》ここに、青根《あおね》が峯《みね》ここに、小倉山《おぐらやま》も見《み》えたり。

向《むか》ひは嵯峨《さが》の原《はら》、下《した》は大堰川《おおいがわ》の、岩根《いわね》に波《なみ》かかる。亀山《かめやま》も見《み》えたり。

万代《よろずよ》と、よろづ代《よ》と、はやせ、はやせ、神遊《かみあそ》び。


いろんな色の花が混じってはいるが、一面に白雪のような花盛り。これは木守・勝手の二神《にしん》のお恵みにほかならない。松の色も青々と、（吉野の）青根の峯をここに移したかのようだ。小倉山も見える。その向いは嵯峨の原、下は大堰川《おおいがわ》で岩に白波がかかる。亀山も見える。君が御代《みよ》は永遠にと祈りつつ、囃《はや》せ、囃せ、この神の舞い遊びを。


吉野の千本の桜を移植したという嵐山の花ざかり。

吉野の山の守り神、勝手・木守の夫婦《めおと》の神が嵐山においでになり、桜とあたりの風景に感嘆して舞い遊ぶ、というおめでたい場面である。

この後、「金色《こんじき》の光かかやき渡る」中に、蔵王権現《ざおうごんげん》もあらわれて春を祝う。

色彩豊かな謡いの中に、尻取りまがいの言葉遊びがある。「松の色―青」、「青根が峯ここに―小倉山（置く）」、「波かかる―亀―万代」といったぐあい。

そもそも神慮《しんりょ》をすずしむる事《こと》、和歌《わか》よりもよろしきはなし。そのなかにも神楽《かぐら》を奏《そう》し、乙女《おとめ》の袖《そで》かへすがへすもおもてしろやな。神《かみ》の岩戸《いわと》の古《いにし》への袖《そで》、思《おも》ひ出《い》でられて。

そもそも神の御心《みこころ》をお慰めするには、和歌ほどよいものはありません。その中でも神楽《かぐら》を奏し、乙女が袖を返して舞うのは、なんといっても面白いものです。昔の天《あめ》の岩戸《いわと》前《まえ》の舞（のとき神々のお顔が白くなったこと）が、おのずと思い出されて。

蟻通《ありどおし》

紀貫之《きのつらゆき》が馬で旅に出ると、日が暮れて大雨になり、馬が動かなくなった。そこに宮人《みやびと》が来て、「ここは蟻《あり》通明神《どおし》の神域《しんいき》だから馬をおりて通りなさい」と言う。また名を尋ねるので「紀貫之」と答えると、「それなら歌を詠《よ》んで神を慰めたまえ」と言う。貫之が

「雨雲の立ち重なれる夜半《よわ》なればありとほしとも思ふべきかは」

（雨雲の重なった暗い夜なので、空に星ありとも、蟻通の宮とも思わなかった。）

と詠むと、宮人は感心して、神もお喜び下さるだろうと言う。馬が動き出す。

貫之の要請で宮人は祝詞《のりと》を唱える。引用文はその一部である。神代《かみよ》の昔から、和歌（漢詩に対する大和《やまと》歌《うた》）とこれに曲をつけて舞う舞楽《ぶがく》とは、神聖なわざとされてきた。

竜田《たつた》

久方《ひさかた》の月《つき》も落《お》ちくる滝祭《たきまつり》。
波《なみ》の竜田《たつた》の神《かみ》の御前《みまえ》に、散《ち》るはもみぢ葉《ば》、即《すなわ》ち神《かみ》の幣《ぬさ》。
竜田《たつた》の山風《やまかぜ》の時雨《しぐれ》降《ふ》る音《おと》は、颯々《さつさつ》の鈴《すず》の声《こえ》。立《た》つや川波《かわなみ》はそれぞ白木綿《しらゆう》。

明け方、月は西に落ち、滝も流れ落ちる滝祭の日。川波立つ竜田の神前に紅葉《もみじ》の葉が散り、神前で振る御幣《ごへい》となる。竜田明神に山風が吹き時雨《しぐれ》がさっさっと降って、（神社の）鈴の音を響かせる。川波が白く立ち、白木綿《しらゆう》（白い木綿の造花）となる。

旅僧が竜田明神（奈良県）に詣でるため、竜田川を渡ろうとすると、一人の巫女《みこ》がおしとどめ、「竜田川紅葉乱れて流るめり渡らば錦中《なか》や絶えなん」という古歌の心を汲んでほしいと言う。僧が「今は冬ではないか」と言うと、巫女は別の古歌「竜田川紅葉を閉づる薄氷渡らばそれも中や絶えなん」と唱えて、冬でもこの川を渡るのは風流心のないことだと言い、別の道から僧を社殿に導く。この巫女は祭神《さいじん》の竜田姫《たつたびめ》であった。

僧が待つ未明の刻、国の守護神、竜田姫が現れ、紅葉を讃え、神楽《かぐら》の舞を舞う。引用の原文は、このときの竜田姫の謡《うたい》である。散る紅葉をひるがえる御幣《ごへい》に見なし、時雨の音《おと》を神前の鈴の音《ね》に、また白い川波を白木綿《しらゆう》に見なす。自然を神聖視し、自然美を尊ぶ気持がみごとに生かされた「見なし」の技。

五

老い・無情

三井寺

埋《う》もれ木《ぎ》の花咲《はなさ》くことも無《な》かりしに、身《み》のなる果《は》ては哀《あわ》れなりけり

頼政《よりまさ》

土に埋もれた枯れ木に花が咲かないように、わが身も花咲く幸運に恵まれず、果てはこんな実を結ぶ最期となって、悲しいことだ。

歌人としても名高い源三位頼政《げんざんみよりまさ》は、高倉の宮を擁立《ようりつ》して平家追討《ついとう》を企てたが、宇治川の戦いに破れ、平等院《びょうどういん》の芝生で切腹して果てた。七六歳であった。

旅僧が宇治に来ると、一人の老人が彼に名所旧跡を教えながら平等院に案内し、そこの芝生で源三位頼政が自害したのだと言って消える。老人は頼政の霊であった。

中入り後、旅僧が読経《どきょう》を始めると、頼政が武者姿で現れて、血なまぐさい戦いのさまを語り、演じ、しまいに右の和歌を唱えて、さらなる回向《えこう》を乞う。

「花咲くことも無かりしに実のなる果ては」は、「武士として手柄の花も咲かせなかったくせに、最後に敗北・自害の実をむすんでしまうとは」と自嘲に陥っているのである。この歌は『平家物語』にあり、頼政の辞世《じせい》の歌として名高い。

しかし彼は、数々の歌を残しただけでなく、宮中で鵺《ぬえ》という怪物を退治したことでも、後世に名を残している。（一七〇ページ参照）

老《お》いらくの寝覚《ねざ》めほどふる古《いにし》へを、今思《いまおも》ひ寝《ね》の夢《ゆめ》だにも、涙心《なみだごころ》の淋《さび》しさに、この鐘《かね》のつくづくと思《おも》ひを尽《つく》す暁《あかつき》を、いつの時《とき》にか比《くら》べまし。

三井寺《みいでら》

年とると、床に入ってても目覚めていることが多く、はるか昔（若い頃）のことを思いながら寝ようとするが、（眠れないで）昔の夢さえ見ることなく、涙まじりの淋しい心でこの（暁の）鐘の音を聞き、つくづく物思いにふける。そんな明け方の淋しさは、ほかのどんな時にくらべられよう。

わが子を探して三井寺まで来た物狂いの母親が鐘をつきながら、鐘にまつわる仏教の聖句や人生の諸相について思いをめぐらす。この言葉は、暁の鐘をめぐって、年老いたひとり者の眠れない淋しさを簡潔に言い表したもの。寝つきが悪く、いっとき眠ってはすぐに目覚め、悶々《もんもん》としているうちに明け方の鐘の音が聞こえてくる。淋しさの極致。

「寝覚めほどふる（経る、古る）」は、目覚めている時間が長いという意味のほかに、「古《ふ》る古《いにし》へ」とつづいて「はるか昔」をも意味する。また「涙心」は「（夢だにも）無み」つまり「夢さえ見ないで」の意を含む。さらに「つくづくと」は鐘を「撞《つ》く」に掛けた言葉遊びでもある。

三井寺《みいでら》

山寺《やまでら》の春《はる》の夕暮《ゆうぐれ》来《き》てみれば、入相《いりあい》の鐘《かね》に花《はな》ぞ散《ち》りける。
げにをしめども、など夢《ゆめ》の春《はる》と暮《く》れぬらん。

春の夕暮れに山寺に来てみると、入相の鐘がなり、花が散って行くところだった。ほんとに、春はなごり惜しいのに、どうして夢のように瞬時に去ってしまうのだろう。

前項の物狂いの女が、鐘をつきながら、鐘にまつわる連想を広げてゆく。

いろは歌（色は匂へど散りぬるを……）のように、諸行無常を言い表すのに、凋落《ちょうらく》の急、春の瞬時などはよく見る例で、引用文の前半の和歌（『新古今和歌集』能因《のういん》法師）も同じうたい方をしている。ただ注目したいのは、入相の鐘が弔鐘《ちょうしょう》のように、散る花を弔っている趣きがあって、いっそう無常感を深めていることである。

無常観はインドで生まれ、日本へは中国を経て仏教とともに渡来した。またこの観念は西へも広がって、旧約聖書「伝道の書」は、全体に無常観が浸透している。

中世ペルシア（今のイラク）の詩人オーマー・カイヤムの『ルバイヤット』（四行詩集）も無常観に包まれていて、次のような美しい詩行がある。

川辺に生え出たあの草の葉は／美人の唇から芽生えた溜め息か。

関寺《せきでら》の鐘《かね》の声《こえ》、諸行無常《しょぎょうむじょう》と聞《き》くなれども、老耳《ろうに》には益《やく》もなし。
逢坂《おうさか》の山風《やまかぜ》の、是生滅法《ぜしょうめっぽう》の理《ことわ》りをも得《え》ばこそ。

関寺小町《せきでらこまち》

関寺の鐘の音は「諸行無常」と聞こえるというが、（鈍くなった）老いの耳には鐘の音など何の益《えき》もない。逢坂山から吹く風の音が「是生滅法《ぜしょうめっぽう》」の道理を伝えても、それを悟ることなど、とてもできない。

関寺《せきでら》―近江《おうみ》の国（滋賀県）にあった寺。　逢坂《おうさか》―近江の国と山城の国（京都府）の境界付近の山。　是生滅法《ぜしょうめっぽう》―生まれたものは必ず滅びるという理法。

関寺の僧が、幼い子をつれて近くの百歳の老女（小野小町）に歌道《かどう》の話を聞きに行く。小町は老いの身を恥じ、昔の栄華をなつかしむ。これはその時の話の一部である。

『平家物語』の冒頭に「祇園精舎《ぎおんしょうじゃ》の鐘の声、諸行無常の響きあり…」とあるように、一般に、鐘の音や自然現象に「諸行無常」や「是生滅法」といった理法を悟ることができるとされているが、そうした知恵から見放されて何も感じないほど老化し鈍化《どんか》してしまったことを、小町は率直に嘆いている。枯れに枯れた人生の終末。

世《よ》の中《なか》は、とにもかくにもありぬべし、宮《みや》も藁屋《わらや》もはてしなければ。

蟬丸《せみまる》

世の中はどんな暮らし方をしても同じようなもの。宮廷に住もうと藁《わら》ぶきの小屋に住もうと、永久に暮らしていることはできないのだから。

醍醐《だいご》天皇の皇子《おうじ》として生まれながら、生まれつき盲目の蟬丸は、天皇の指示で逢坂《おうさか》の山中に捨てられることになった。

山中に入り、お供の廷臣《ていしん》が同情して、「帝《みかど》のご胸中《きょうちゅう》が計りかねます」と言うと、蟬丸は「何を愚かな。盲目の身に生まれたのは私の前世の修業が足りなかったからだ。父帝《ちちみかど》が私をお捨てになるのは、前世の罪をつぐなわせて私の来世を明るくしてやろうというお慈悲なのだ」と応じる。廷臣が蟬丸の髪をそり落とし、蟬丸は出家姿《しゅっけすがた》になる。

夜になるとにわか雨。雨具は蓑《みの》と笠しかない。蟬丸は蓑など着たこともなかった。やがて廷臣が帰ると、蟬丸はひとり琵琶《びわ》を抱《だ》き杖を持ち、転げ回って泣きくずれる。しかし気を取り直すと、琵琶をひきながら右に引用した歌をうたう。

人の命はせいぜい数十年。ぜいたくをしても知れたもの。無常観から生まれたこんな達観が、「宮」と「藁屋《わらや》」の対比において歯切れよくうたわれている。

世《よ》の業《わざ》の、憂《う》きを身《み》に積《つ》む柴舟《しばぶね》や、焚《た》かぬ先《さき》よりこがるらん。

兼平《かねひら》

世渡りのつらい仕事の結実《けつじつ》をわが身に積んで運ぶ柴舟だもの、柴を焚かないうちに自分（舟）が焦げてしまうだろう。

旅僧が、琵琶湖の近くで討ち死にした木曾義仲《きそよしなか》の跡を弔《とむら》おうと、矢橋《やばせ》の浦（草津市）まで来たところ、一人の老人が柴を積んだ舟を漕ぎ、右の和歌をうたいながら近づく。

「柴」は山野《さんや》の雑木《ぞうき》を刈り取ったもので、薪《たきぎ》にしたり、垣根の材料にしたりする。老人はこれを舟に積んで売りに行く途中なのであろう。この柴は老人にとって辛《つら》い労働の結実であるが、これを運ぶ舟もまた辛い労働の真っ最中である。ことによると、柴が焚《た》かれるよりも先に舟が焦げてしまうのではないか。

ユーモラスな想像で、思わずにんまりする。辛い仕事も、こんなふうに観点を変えて眺めれば、苦労が半減するかもしれない。なお「こがる」には「焦がる」と「漕がる」の二重の意味があって、言葉遊びとしても面白い。

この老人は、実は木曾義仲の忠臣で、四天王の一人と言われた今井四郎兼平の霊で、中入り後に武者姿で現われ、義仲と自分との悲壮《ひそう》な最後を語る。

俊寛《しゅんかん》

時《とき》を感《かん》じては花《はな》も涙《なみだ》をそそぎ、別《わか》れを恨《うら》みては鳥《とり》も心《こころ》を動《うご》かせり。
もとよりこの島《しま》は鬼界《きかい》が島《しま》と聞《き》くなれば、
鬼《おに》ある所《ところ》にて、今生《こんじょう》よりの冥土《めいど》なり。
たとひいかなる鬼《おに》なりと、この哀《あわ》れなどか知《し》らざらん。

凋落《ちょうらく》の時を感ずると花でさえ涙を流し、せつない別れを嘆くときは鳥でさえ心を動かすと聞く。もともとこの島は鬼界が島というのだから、鬼のいる所で、この世からすでに私は冥土にいるわけだ。しかしたといどんな鬼でも、私のこの哀れな身の上が分からないことがあろうか。

清盛の政権を覆《くつがえ》す陰謀を企てた僧俊寛ほか二名の者は、事が発覚して鬼界《きかい》が島（九州南方の無人島という）に流される。その後、高倉天皇の中宮となった清盛の娘徳子《とくこ》が妊娠したので、安産祈願のために大赦《たいしゃ》が実施される。鬼界が島の流人《るにん》については、二名は釈放されたが、俊寛だけは取り残されることになった。赦免《しゃめん》の使いが島に来てこれを伝えたとき、俊寛は信じられず、悲嘆その極に達し、右のように述懐《じゅっかい》する。

引用の初めの文は、「国破れて山河あり」に始まる杜甫《とほ》の詩「春望《しゅんぼう》」の一部で、俊寛の悲痛な心を盛り上げている。俊寛は三十六歳の若さで、この島で死んだ。

野宮《ののみや》

小柴垣《こしばがき》露《つゆ》打ち払《はら》ひ、訪《と》はれし我《われ》もその人《ひと》も、
ただ夢《ゆめ》の世《よ》と古《ふ》り行《ゆ》く跡《あと》なるに、誰松虫《たれまつむし》の音《ね》はりんりんとして、
風茫々《かぜぼうぼう》たる野《の》の宮《みや》の夜《よ》すがら、なつかしや。

低い柴垣の露を払って、ご訪問いただいた私も、訪ねて下さったあのお方（光源氏）も、今はもうみんな昔の夢と消えてしまい、ここはすっかり古びた昔の痕跡《こんせき》でしかありません。それでも、誰を待つのか松虫（今の鈴虫）の声がりんりんと響きわたり、風がびゅうびゅう吹くこの野中の野宮《ののみや》は、一晩中いても懐しさが消えません。

野宮《ののみや》―嵯峨野《さがの》にあった小宮殿。天皇の即位ごとに未婚の皇女《こうじょ》が一人選ばれ、斎宮《さいぐう》として伊勢神宮に奉仕したが、斎宮は事前に一年間、野宮にこもって身を浄めた。六条御息所《ろくじょうのみやすどころ》の息女も斎宮をつとめた。

旅僧が嵯峨野の野宮を訪ねると、一人の若い女が昔の六条御息所と源氏の交わりなどについてる述べ、実は私が御息所、と名乗って消える。

後場《のちば》、車に乗って現れた御息所は、加茂の祭（葵祭）の日、葵上《あおいのうえ》と車の優先権を争って辱《はずか》しめを受けたことなどを僧に語り、引用文のように、この世への未練と無常感を素朴な自然の風物に託して述べ、回向《えこう》を乞う。

盛久《もりひさ》

百年《はくねん》の栄華《えいが》は塵中《じんちゅう》の夢《ゆめ》、一寸《いっすん》の光陰《こういん》は沙裏《しゃり》の金《きん》。

百年の栄華も俗塵《ぞくじん》の中で見る夢にすぎず、わずかな時間でも川砂《かわすな》の中に光る砂金《さきん》にひとしい。

清盛の側近《そっきん》の盛久は源氏方に捕えられ、鎌倉に護送される。鎌倉に着けば処刑が待っている。盛久には、平家の栄華《えいが》がいっときの空虚なものであったことや、今の短い命が何より尊いものであることが、身にしみて思われる。引用したこの短い対句には、盛久のこうした深い思いが、対照的なイメージで簡潔に語られている。

盛久はいつも心に観音の救いを念じていた。すると霊験《れいげん》あらたかにも、由比《ゆい》ヶ浜で首を切られる寸前に、太刀《たち》取りの刀が二つに折れる。そこへ頼朝の使いが、盛久を連れて来いと書いた書状を持って来る。実はその前夜、清水《きよみず》観音の化身《けしん》と見られる老人が盛久の夢にあらわれて、救いを約束したのであった。

盛久は頼朝の館《やかた》で、頼朝も同じ夢を見たことを家来に聞き、酒をふるまわれる。

この話は、観音経に「念彼観音力《ねんぴかんのんりき》、刀尋段々壊《とうじんだんだんね》」（かの観音の力を念ずれば、刀はにわかに段々に壊《こわ》れむ）とあるのを物語化・劇化したものである。出典は『平家物語』。

きのふの花《はな》は今日《きょう》の夢《ゆめ》と、驚《おどろ》かぬこそ愚《おろ》かなれ。

葵上《あおいのうえ》

昨日の花は今日は無くなって、夢の中のものになってしまう。これに気づいて目覚めない者は愚か者だ。

かつては光源氏の寵愛《ちょうあい》を受けて輝いていた六条御息所《ろくじょうのみやすどころ》であるが、今は源氏の愛が葵上《あおいのうえ》に移ったので、御息所は生きたまま怨霊《おんりょう》となって葵上にたたり、右のように言う。

朝顔の花などを念頭において、葵上の栄華《えいが》もどうせいっときだ、と言いたいのである。

謡曲「朝長《ともなが》」「檜垣《ひがき》」などでは、無常観をもっと痛烈に表している。

「それ朝《あした》に紅顔《こうがん》あって世路《せいろ》にほこるといへども、夕べには白骨となって郊原《こうげん》に朽ちぬ。」（出典は『和漢朗詠集』所載、義孝少将《よしたかのしょうしょう》）（そもそも、朝は血色のいい若々しい顔で人生の道を誇らしげに歩いていても、夕方には朽ちて郊外の野に白骨をさらしてしまう。）

英国詩人エドマンド・ウォーラーの詩「老年」には、無常の穏やかな表現がある。

「風がやめば海は静まり、／激情がおさまれば人は穏やかになる。／それはどうせ消え去るはかないものを／誇っていた空しさを悟るから。」

八島《やしま》

落花枝《らっかえだ》に帰《かえ》らず、破鏡《はきょう》ふたたび照《て》らさず。然《しか》れどもなほ妄執《もうしゅう》の瞋恚《しんに》とて、鬼神魂魄《きじんこんぱく》の境界《きょうがい》にかへり、我《われ》とこの身《み》を苦《くる》しめて、修羅《しゅら》の巷《ちまた》に寄《よ》り来《く》る波《なみ》の、浅《あさ》からざりし業因《ごういん》かな。

散った花は枝に帰らず、こわれた鏡は二度と物を映さない。それなのに、なおも迷妄《めいもう》な執念が怒りや恨みを保ちつづけ、生前の心の中の悪鬼《あっき》が死後に霊魂となって、自分で自分を苦しめ、かつての激戦の場にふたたび波のように寄せて来るとは、私のこの世における罪業《ざいごう》のなんと深いことか。

都の僧が四国へ旅に出て、夕方八島の浦（香川県・屋島）に着いた。塩焼き小屋に暮らす老人が釣りから帰って来たのに逢い、一晩泊めてもらう。八島はもと源平の合戦のあった所なので、僧がその話を望むと、老人は戦況をくわしく語る。僧が老人の身の上をたずねると、老人は義経《よしつね》の霊であることをほのめかして消える。

真夜中になると、いくさ姿の義経が現れ、まず右のように申し開きをする。死ねば万事終るはずなのに、この世への執念が自分をここに戻らせたのだと。引用の冒頭の文は宋《そう》の道元《どうげん》の文というが、ここにあって英雄の第一声にふさわしい。

世《よ》の中《なか》にさらぬ別《わか》れのなかりせば、千代《ちよ》も人《ひと》にはそひてまし。
よしそれとても遁《のが》れ得《え》ぬ、会者定離《えしゃじょうり》ぞと聞《き》く時《とき》は、逢《お》ふこそ別《わか》れなりけれ。

楊貴妃《ようきひ》

世の中にあの避けられない別れ（死）が無かったら、あのお方（玄宗《げんそう》皇帝）に千年も添い遂げたかったのに。いや、そうは言っても、会者定離《えしゃじょうり》（会う者には必ず別れの時が来る）という道理は免《まぬが》れえないのだそうで、まさに「逢うは別れ」でした。

常世《とこよ》の国の蓬莱宮《ほうらいきゅう》まで訪ねて来た皇帝の使者に、楊貴妃は熱い思い出を恋々《れんれん》と語ったのち、このように述懐する。前半の和歌は『伊勢物語』や『古今和歌集』に元歌がある。

「世の中にさらぬ別れのなくもがな千代もとなげく人の子のため」（在原業平《ありわらのなりひら》）

（この世に避けられぬ別れなど無ければいいのに。親に千年も生きてもらいたかったと嘆く子のために。）

英国詩人トマス・グレイは、この詩想を実生活の回想の形で描いている。

「燃えさかる炉の火ももう暖めてくれない、／女房がせわしく夕食を作ってくれることもない。／子供たちが回らぬ舌で父の帰りをふれ回り、／われ先に膝に這い上がってキスを争うこともない。」（「田舎墓地のエレジー」）

鵜飼《うかい》

面白《おもしろ》の有様《ありさま》や。底《そこ》にも見《み》ゆる篝火《かがりび》に驚《おどろ》く魚《うお》を追《お》ひまはし、かづき上《あ》げ、すくひ上《あ》げ、隙《ひま》なく魚《うお》を食《く》ふ時《とき》は、罪《つみ》も報《むくい》も後《のち》の世《よ》も忘《わす》れ果《は》てて面白《おもしろ》や。

面白い光景だ。川底にうつる篝火《かがりび》におどろく魚を（鵜《う》が）追い回し、もぐって追い上げたり、すくい上げたりして、ひっきりなしに魚を食う。それを見ているともう（殺生《せっしょう》の）罪も罪の報いも、来《らい》世《せ》のこともすっかり忘れてしまうほど面白い。

老人の姿をした鵜使《うつか》いの霊が、宿を借りた旅僧に語る生前の思い出話である。現世《げんぜ》で殺生《せっしょう》の罪を冒《お》かせば、来世《らいせ》にその報いを受けて地獄の責め苦にあう。そういうことは承知の上で、我を忘れて面白がってい る。人間、何かに夢中になると、前後を忘れて没頭するという無邪気な欠陥をみごとに描き出している。

「夢中」と言えば、ニュートンが考え事をして、鍋で時計をゆで、時間を計るつもりで玉子を握っていたという話もある。しかしこの鵜使いは夢中のあまり、「罪の報いも来世《らいせ》のことも」忘れていた。やり直しのきかない大失態。

後場《のちば》、僧がこの男の回向《えこう》をしていると、閻魔王《えんまおう》が現れ、本来は地獄に堕《お》ちるべき者であるが、僧侶に宿をとらせた功徳《くどく》と法華経《ほけきょう》の利益《りやく》により、浄土《じょうど》に送ってやると宣言する。

ある時《とき》は焦熱《しょうねつ》、大焦熱《だいしょうねつ》の焔《ほのお》に咽《むせ》び、
ある時《とき》は紅蓮《ぐれん》、大紅蓮《だいぐれん》の氷《こおり》に閉《と》ぢられ、鉄杖《てつじょう》頭《こうべ》を砕《くだ》き、火燥《かそう》足裏《そくり》を焼《や》く。
飢《う》ゑては鉄丸《てつがん》を呑《の》み、渇《かっ》しては銅汁《どうじゅう》を呑むとかや。

歌占《うたうら》

ある時は焦熱地獄、大焦熱地獄で火焔にむせび、ある時は紅蓮《ぐれん》地獄、大紅蓮地獄で氷に閉じ込められます。鉄の杖《つえ》で頭を砕かれ、燃えさかる焔《ほのお》で足の裏を焼かれます。腹がへれば鉄の玉を呑まされ、喉《のど》が乾けば銅のたぎる汁を呑まされるのです。

二見が浦（三重県）の神職《しんしょく》が、急死して三日目に生き返り、その後は諸国行脚《あんぎゃ》に出かけたが、ある日、人に請《こ》われて、体験した地獄のさまを語る。引用文はその一部。

地獄については、血の池、針の山など凄惨《せいさん》な説話があり、絵にも描かれている。古代ギリシアや西欧中世にも、地獄の残酷な話や絵画は数知れない。

ところで、天国や極楽の具体的な様相が語られも描かれもしないのは何故《なぜ》だろう？　日本の極楽絵《ごくらくえ》では、諸仏《しょぶつ》が蓮《はす》の葉や雲の上に座しておいでだが、普通の人間はどんな所で何をしているのだろう。ダンテの『神曲《しんきょく》』天国篇でも、神を讃美する天使や聖者は出てくるが、普通の人間の情況は描かれていない。

昨日《きのう》過《す》ぎ、今日《きょう》と暮《く》れ、明日《あす》またかくこそあるべけれ。されども老《お》いに頼《たの》まぬは、身《み》の行《ゆ》く末《すえ》の日数《ひかず》なり。

通盛《みちもり》

昨日が過ぎ、今日もまた暮れてゆく。明日もまたこのように過ぎてゆくだろう。しかし老いの身にとって当てにならぬのは、この先に残された日数だ。

阿波《あわ》の鳴門《なると》（徳島県）で修行中の僧が、戦死した平家一門を弔って夜ごと海岸で読経《どきょう》していた。するとある夜、沖の釣船の中から男女の歌声が聞こえてくる。右の引用文はその一部。老漁夫と若い女の連吟《れんぎん》（交唱）である。

健康で若いうちは余命など考えないが、老人は明日が当てにならない、と言う。たんたんと続いてゆく時間の、非情さと重みを感じさせる文である。

さて釣船が岸に近寄り、僧が源平のいくさの様を語ってくれと頼むと、二人は特に平通盛《たいらのみちもり》とその妻小《こ》宰相《ざいしょう》の局《つぼね》の最期について語る。通盛は戦死し、これを聞いた小宰相の局は海に身を投げたという。語り終わると、二人は海中に消える。

後場《のちば》、二人の亡霊がありし日の姿で波間に浮かび、一の谷（神戸市）の合戦のさまを物語るが、やがて僧の読経により、二人は喜んで成仏する。

鍾馗《しょうき》

草虫露《そうちゅうつゆ》に声《こえ》しをれ、尋《たず》ぬるに形《かたち》なく、老松《ろうしょう》既《すで》に風《かぜ》絶《た》えて、問《と》へども松《まつ》は答《こた》へず。げにや何事《なにごと》も思《おも》ひ絶《た》えなん。色《いろ》も香《か》も終《つい》には添《そ》はぬ花《はな》紅葉《もみじ》、いつをいつとか定《さだ》めん。

草に群がる虫の声も冷たい露のために弱まり、探しても姿はなく、老松を吹く風はすでにやんで、松風の音は聞こうとしても聞こえない。本当に、何事もあきらめるほかはない。花も紅葉もしまいには色香《いろか》が消えてしまうが、いつ消えるかはわからない。

唐の国のある男が都に行く途中、海辺にさしかかると、怪しげな男が呼び止めて言う。「私は昔、悪鬼《あっき》を滅ぼし国土を守ろうと心に誓った。今の帝《みかど》が賢く、善政を行なう方《かた》なら、私は宮中に奇跡をもたらそうと思う。帝にそうお伝えください。」

旅の男がふしぎに思って聞きただすと、「私は鍾馗《しょうき》という進士《しんし》（上級官吏）だが、登用試験に及第する筈のところ、死んでしまった。その心残りを転じて、後世のために尽くそうと思う」と答える。そしてこの問答のすぐ後で、鍾馗は右のように所感をのべる。若い志を抱きながら不慮の死を遂げた無念さを噛みしめながら、無常と不可知性《ふかちせい》を凋落《ちょうらく》の秋に事よせて嘆いている。気負《きお》いのない、もの静かな詠嘆である。

檜垣《ひがき》

さも美《うつく》しき紅顔《こうがん》の、翡翠《ひすい》のかづら花《はな》しをれ、
桂《かつら》の眉《まゆ》も霜降《しもふ》りて、水《みず》にうつる面影《おもかげ》、老衰影沈《ろうすいかげしず》んで、
緑《みどり》に見《み》えし黒髪《くろかみ》は、土水《どすい》の藻屑塵芥《もくずちりあくた》。かはりける身《み》の有様《ありさま》ぞ悲《かな》しき。

あんなに美しかった顔も、カワセミの羽のように輝いていた髪も、花がしおれるように衰えました。三日月のようだった眉も霜が降りたように白くなり、水に映る面影は水底《みなそこ》に老衰の影が見えます。生き生きと艶《つや》のあった黒髪は、泥水の中の藻屑《もくず》や塵芥《ちりあくた》のよう。変わり果てたこの身の有様の、なんと悲しいこと。

山中で修業中の僧の庵《いおり》の仏前に、毎日水を供えに来る老婆があった。ある日僧が身もとを聞くと老婆は、『後撰和歌集』に「年ふれば我が黒髪も白川《しらかわ》のみつはくむまで老いにけるかな」（年とって私の黒髪も白川の名のように白くなり、曲った腰で水を汲まねばならぬほど老いてしまった。）とあるのは私の歌です、また太宰府《だざいふ》で檜垣《ひがき》をめぐらした庵《いおり》に住んでいた白拍子《しらびょうし》は私ですと答え、回向を乞うて夕闇に消える。（「みつはくむ」は意味不詳）後場《のちば》にふたたび老婆が現れて無常を説く。引用した悲痛な文はこのときの言葉の一部。

げにや世《よ》の中《なか》は、電光朝露《でんこうちょうろ》、石《いし》の火《ひ》の間《ま》ぞと思《おも》へ、ただ。

葛城《かずらき》

まことに世の中は、稲妻や朝露《あさつゆ》や火打石《ひうちいし》の火のように、あっという間のはかないものだと、一途《いちず》に思わなければなりません。

山伏が葛城《かずらき》明神（奈良県）に参詣に行くと、おりからの雪の中、一人の里女《さとおんな》が柴を背負って通りかかり、私の庵《いおり》にお泊りなさいと誘う。山伏が喜んでついて行くと、女は薪《たきぎ》をくべ、さまざまな話を聞かせるが、その中で右のような述懐《じゅっかい》をする。無常観の表現の中でも、これはきわめて緊迫したイメージ。

この女は葛城明神の化身《けしん》で、中入り後は女神の姿であでやかな舞を見せる。

前出「兼平《かねひら》」（一〇八ページ）では、今井四郎兼平の霊がしんみりと旅僧に語る。

「げにや有為生死《ういしょうじ》のちまた、来《きた》って去ることはやし。老少《ろうしょう》もって前後不同、夢幻泡影《むげんほうよう》何《いず》れならん」

（まことに、無常な生死の世界では、物事は来るやいなや去ってしまう。老人と子供の死ぬ順序も不同、この世は夢まぼろしや泡沫《ほうまつ》とどんな違いがあろう。）

この文中の「有為《うい》」は生成・消滅の現象を言い、「無常」と大体同じ意味に使われる。

実盛《さねもり》

六十《ろくじゅう》に余《あま》って軍《いくさ》せば、若殿《わかとの》ばらと争《あらそ》ひて、先《さき》をかけんもおとなげなし。また老武者《ろうむしゃ》とて、人々《ひとびと》にあなづられんも口惜《くちお》しかるべし。鬢鬚《びんひげ》を墨《すみ》に染《そ》め、若《わか》やぎ討死《うちじに》せんずるよし。

六十過ぎの年で戦うとき、若い方々と争って先駆けするのも大人げない。また老武者だからと人々に侮《あなど》られるのもくやしい。鬢《びん》や鬚《ひげ》を墨で黒く染め、若々しい姿になって戦死するのがいい。

平家の武士、斎藤実盛《さねもり》の霊が旅僧に語る言葉である。（「鬢《びん》」は、左右に垂れた髪の毛）

木曾義仲の家来、手塚太郎は、討ち取った相手が大将にしては家来がいないし、家来にしてはみごとな錦の直垂《ひたたれ》（正装）を着た妙な武士だったと、義仲に報告する。

義仲は、斎藤実盛だと思うが、この前見たときは白髪まじりだったから、今はすっかり白髪になったはずだがと、実盛をよく知っている樋口次郎に見せたところ、樋口は一目見て落涙し、実盛が日ごろ口にしていた言葉を義仲に伝える。それが右の文である。

樋口が実盛の首を池で洗うと、白髪が現れる。そこに居合わせた一同は、これこそ名を重んずる武士の鑑《かがみ》と、感涙《かんるい》を流す。

高砂《たかさご》

所《ところ》は高砂《たかさご》の、尾上《おのえ》の松《まつ》も年《とし》ふりて、老《お》いの波《なみ》も寄《よ》り来《く》るや。
木《こ》の下陰《したかげ》の、落《お》ち葉《ば》かくなるまで命《いのち》ながらへて、なほいつまでか生《い》きの松《まつ》。
それも久《ひさ》しき名所《めいしょ》かな。

名所高砂の尾上《おのえ》の松も、年をへて老木になったが、寄る年波は私たちにも迫ってくる。木《き》の下陰の落葉を掻《か》きながら、この年まで命を長らえてきたが、なおいつまで生きることだろう。そうだ、「生きの松」というのも昔からの名所だったな。

肥後《ひご》の国（熊本県）の神主が高砂の浦（兵庫県）を訪ねると、老夫婦がうたいながらやって来て、松の木の下を掃き始める。これはその時の謡の一部である。博多湾岸の「生きの松原」も引き合いに出して、松の長寿にあやかりたいと願っている。

神主が高砂の松について尋ねると老人は、この木がそうだと教え、和漢の歌や故事を引いて、松が万木《ばんぼく》にまさるめでたい木であることを語る。また神主が二人の名を尋ねると、高砂の松の精と住《すみ》の江《え》（大阪府）の松の精で、両者は所は異なっても相生《あいおい》の松（共に育った松）だと言う。こののち老夫婦は小船で住の江に渡り、神主も後を追う。

後場《のちば》は夜、住吉明神《すみよしみょうじん》が住の江の清らかな名月のもと、今の御代《みよ》を讃え、松の長寿を愛《め》でて、さっそうと舞う。

道芝《みちしば》の露《つゆ》をば誰《たれ》に問《と》はまし。真如《しんにょ》の玉《たま》はいづくぞや。

錦木《にしきぎ》

道ばたの芝に宿っていた露の玉はどこへ行ったのか、誰に聞いたらわかるだろう。真理の玉はどこにあるのだろう。

陸奥《みちのく》を旅する僧が、ふと逢った若い男女に案内されて、草ぼうぼうの田舎道を、めざす墓に向かって歩いて行く。この墓は、三年かけて恋した女にふられて死んだ哀れな男の墓である。（三八ページ参照）三人が歩いて行く間、地謡が途中の風景などを織り込んだ謡をうたう。これはその謡の一部である。「道芝の露」は、あっという間に消えて無くなる美しいものとして、無常のシンボルとされ、古歌にも謡曲にもときどき出て来る。また「真如《しんにょ》の玉」は、万物の存在と消滅に関する永久不変の真理を表わす仏教的シンボル。墓に向って進む三人の行動を、無常を悟ったり、真理を探究したりする行為に結びつけて、作品の精神性を深めている。「露」の玉と「真如の玉」を並べたのも見事。

この若い男女は、実は悲恋の話の中の男女の幽霊で、こののち、生前実現できなかった婚礼を、旅僧の祈りで執《と》り行なうことになる。

紅花《こうか》の春《はる》のあした、紅錦繍《こうきんしゅう》の山《やま》、粧《よそお》ひをなすと見《み》えしも、
夕《ゆう》べの風《かぜ》に誘《さそ》はれ、紅葉《こうよう》の秋《あき》の夕《ゆう》べ、黄纐纈《こうこうけつ》の林《はやし》、
色《いろ》を含《ふく》むといへども、朝《あした》の露《つゆ》にうつろふ。
松風蘿月《しょうふうらげつ》に、詞《ことば》をかはす賓客《ひんかく》も、去《さ》って来《きた》ることなし。

春の朝赤い花が咲き、山が赤い錦を着飾って見えても、夕風に誘われると花は散ってしまう。紅葉の秋の夕べ、林が絞り染めのような黄色になり、色つやを浮かべても、朝には霜であせてしまう。ツタカズラを洩れて来る月光のもとで松風の音を聞きながら私たちと言葉をかわす客人も、立ち去ればもう二度と来ない。

摂津《せっつ》の国、江口の里の遊女「江口の君」はじめ数人の仲間の霊が、舟遊びを楽しみながらも、罪深い遊女の身を悲しんだり、この世の無常を嘆いたりしている。引用文はその一部である。自然美のはかなさについて美しくうたいながら、旅人とのいっときの愛の交歓《こうかん》のむなしさを嘆いている。

この謡曲の最後のところで、「江口の君」は普賢菩薩《ふげんぼさつ》に化身し、白い象に乗って西の空に消えて行く。菩薩が衆生《しゅじょう》と親しく交わるために遊女に身をやつしていたのである。中世にはこのような「遊女普賢説話」がいくつかあった。（八二ページ参照）

昔《むかし》忘《わす》れぬ物語《ものがたり》。衰《おとろ》へ果《は》てて、心《こころ》さへ乱《みだ》れけるぞや、恥《はず》かしや。この世《よ》はとてもいく程《ほど》の、命《いのち》のつらさ末近《すえちか》し。はや立《た》ち帰《かえ》り、亡《な》き跡《あと》を弔《とむら》ひ給《たま》へ。

景清《かげきよ》

昔のことが忘れられず、我ながらよくも語ったものだ。この身はすっかり衰え、心まで乱れてしまったわい。ああ恥ずかしい。この世の命はどうせもういくらもない。命ながらえる辛《つら》さも終りに近い。早く帰って、死後の私を弔《とむら》ってください。

平家の没落後、日向《ひゅうが》の国（宮崎県）で他人の施《ほどこ》しを受けながら一人わびしく暮している景清のところに、むかし鎌倉で遊女に生ませた娘が土地の人に案内されてひょっこり訪ねて来る。景清は初めは恥ずかしくて名を名乗るのもためらっていたが、やがて気持もほぐれて、八島《やしま》の戦いで三保《みお》の屋《や》と一騎討ちした武勇談を、所作《しょさ》まじりで語って聞かせる。右の引用文は、そのあとで娘に言う言葉である。（六九ページ参照）景清は、昔の手柄話をしたことを、狂気の沙汰《さた》と恥じている。武士の廉恥心《れんちしん》である。また自分の命が、娘が鎌倉に帰り着く前に尽きると思っている。悲痛な諦観《ていかん》。また回向《えこう》を娘に頼むのだから、「弔ひ候へ」でいいのに「弔ひ給へ」とていねいに願うところに、彼の心の低さがある。

立《た》つ名《な》もよしなや、忍《しの》び音《ね》の、月《つき》には愛《め》でじ。
これぞこの、つもれば人《ひと》の老《おい》となるものを。
かほどに早《はや》き光《ひかり》の陰《かげ》の、時人《ときひと》を待《ま》たぬ習《なら》ひとは白波《しらなみ》の、あら恋《こい》しの昔《むかし》やな。

鸚鵡小町《おうむこまち》

（忍ぶ恋の）うわさの立つのは仕方がないが、うわさが辛《つら》くて忍び泣きしながら月を愛《め》でるのはよそう。月が積み重なるから人は老いてゆくというのに。歳月がこんなに速く過ぎてしまい、時が人を待たぬものとは知らなかった。ああ、昔が恋しい。

若いころは花のようだった小野小町も、今は衰えて百歳の老婆。陽成院《ようぜいいん》は小町を慰めようと和歌を詠み、大納言行家《ゆきいえ》に持たせてやる。老眼の小町は行家《ゆきいえ》に読んでもらう。

「雲の上はありし昔にかはらねど見し玉だれの内やゆかしき」

（宮中は以前と変ってはいないが、かつて見た中の様子を知りたくはないか。）

これに対して小町は返歌を詠む。それは「内やゆかしき」を「内ぞゆかしき」（中の様子を知りたい）と一字変えただけのもので、小町はこれを「鸚鵡《おうむ》返し」の技と言う。

百歳の小町は行家の要望で舞を舞う。引用文はこの時の謡である。空の月を歳月の月と同一視する茶目っ気を見せながら、老化を嘆き、昔の苦《にが》い恋を思い懐かしんでいる

六

神仏・信心

嵐山

新玉《あらたま》の春《はる》に心《こころ》は若草《わかくさ》の神《かみ》も久《ひさ》しき恵《めぐ》みかな。

新しい春になると、若草とともに人の心も若やいでくるが、思えば太古の昔から若草を恵んでくださる神の有難さよ。

絵馬《えま》

伊勢神宮に行く勅使《ちょくし》が途中で旅寝をすると、夢に老夫妻らしい二人が現れ、神の恵みを讃えて謡う。これはその冒頭である。古くは新年は春に始った。春は立春（二月四日ごろ）から立夏（五月六日ごろ）まで、若草萌え出る季節である。若草は人の心を若返らせる早春の景物、神の恵みの野菜である。引用文はこの気持ちを簡潔に表している。（一七ページ参照）

さて勅使が老夫婦に、節分の今夜は絵馬を掛けるそうだが？　と聞くと、その通りだと答える。絵馬を掛けるわけは？　と尋ねると、一つには衆生《しゅじょう》の愚かさを馬でかたどり、一つには馬の毛の色で来年の天気を占うためだと言う。

老人夫婦は国土豊穣《ほうじょう》を祈り、神の尽きぬ恵みを讃《たた》えたのち、われわれ二人は伊勢の内宮《ないくう》・外宮《げくう》の神々であると言って姿を消す。

中入り後は、天照大神《あまてらすおおみかみ》（日の神）、月読尊《つきよみのみこと》（月の神）の二神《にしん》が現れ、天《あめ》の岩戸の神事《しんじ》を舞楽《ぶがく》で見せる。

大会《だいえ》

それ山《やま》は小《ち》さき土塊《つちくれ》を生ず。かるが故《ゆえ》に高《たか》き事《こと》をなし、海《うみ》は細《ほそ》き流《なが》れを厭《いと》はず。ゆえに深《ふか》き事《こと》を見《み》す。

そもそも山は小さな土の塊《かたまり》をも捨てないから高くなり、海は細い流れをも嫌わないから深いものになる。

山中の修行僧のところに一人の山伏（実は天狗）が訪ねて来て、以前いのちを助けてもらったお礼に、何でも望みを叶《かな》えてあげる、と言う。僧は、助けた覚えはないが、霊鷲山《りょうじゅせん》（インドの山）の釈尊《しゃくそん》の説法の様子が見たいと答える。山伏は、仏の御声《みこえ》の聞えるまでは目をつむって待っているように言い、姿を消す。

中入り後、虚空《こくう》に音楽が響き、仏の御声が聞える。この声が右の引用文で、どんな卑小《ひしょう》なもの、どんな汚れたものでも受容する仏の広大無辺な慈悲を例えで述べている。

さて、修行僧が目を見開くと、まのあたりに霊鷲山が見え、釈迦如来の両側に普賢《ふげん》・文殊《もんじゅ》の両菩薩が座し、その他の菩薩も数えきれず、八大竜王や天人まで並んだ大会《だいえ》（大規模な法会《ほうえ》）となる。しかし、これは天狗の魔術であった。

やがて帝釈天《たいしゃくてん》が魔術をくだき、山伏に化けた天狗は追い払われる。

朝長《ともなが》

かやうに跡《あと》までも御弔《おんとむら》ひになることは、そもそもいつの世《よ》の契《ちぎ》りぞや。一切《いっさい》の男子《なんし》をば生々《しょうじょう》の父《ちち》と頼《たの》み、万《よろず》の女人《にょにん》を生々《しょうじょう》の母《はは》と思《おも》へとは、今身《いまみ》の上《うえ》に知られたり。

このように私の亡き跡までお弔い下さるのは、一体いつの世からの約束ごとでしょうか。「全ての男性を（前世・後世をも含めた）永遠の父と思い、すべての女性を永遠の母と思え」という教えが、今わが身にはっきりと分かりました。

美濃《みの》の国（岐阜県）の青墓《あおはか》の宿《しゅく》で自害した若武者源朝長（義朝《よしとも》の二男）の墓前で、宿の長者《ちょうじゃ》（女主人）と朝長に縁のある僧とが出会い、ともに故人を偲ぶ。そののち長者は僧を宿につれ帰り、しばらくここに泊って朝長の跡を弔うように依頼する。

夜、僧侶が読経《どきょう》していると、朝長の亡霊が現れ、長者の深い情けに感謝して、右のように言う（第二文の出典は『梵網経《ぼんもうきょう》』）。朝長の言葉はこののち、こう続く。

「さながら親子のごとくに御《おん》嘆きあれば、弔ひもまことに深き志、請《う》け喜び申すなり。」

（まるで親が子の死を嘆くように嘆いてくださるので、ご回向《えこう》に籠った深いお気持がわかります。お志を喜んで頂戴いたします。）

夜《よる》の錦《にしき》の直垂《ひたたれ》に、萌黄匂《もよぎにお》ひの鎧《よろい》着《き》て、黄金《こがね》作りの太刀《たち》かたな。
今《いま》の身《み》にてはそれとても何《なに》か、宝《たから》の池《いけ》の、蓮《はちす》の台《うてな》こそ宝《たから》なるべけれ。

実盛《さねもり》

夜目《よめ》にも鮮やかな錦の直垂《ひたたれ》（正装）の上に、萌黄匂《もえぎにお》いの（下ほど色が薄い若草色の）鎧《よろい》を着て、黄金《おうごん》で飾った太刀《たち》と刀を身につけた姿。（冥土に旅立った）今の身にとっては、この姿も何で宝であろう。宝の池の蓮の台《うてな》こそ宝であるはずだ。

宝の池―極楽浄土の池。　蓮の台《うてな》―仏の御座所《ござしょ》。

平家方の武士、斎藤別当《べっとう》実盛は六十余歳で木曾義仲の軍と戦い、戦死した。旅僧が加賀の国で数日間説法を行なっていると、一人の老人が毎日熱心に耳傾けている。この老人の姿は僧侶には見えるが、余人《よじん》には見えない。僧が余人を退《しりぞ》けてその名を尋ねると、実盛の幽霊だと言って、池のほとりに姿を消す。

僧が読経《どきょう》していると、夜になっていくさ姿の老武者が現れ、右のように述懐し、ついでかつての戦いの様子を語る。

どんな宝も、死んでしまえば何にもならない。極楽往生こそが宝であると、死者の実感を述べる。実盛は、髪と髭《ひげ》を黒く染めて出陣したことで名高い。（一二一ページ参照）

東北《とうぼく》

それ和歌《わか》といっぱ、法身説法《ほっしんせっぽう》の妙文《みょうもん》たり。

そもそも和歌は、仏が仏法《ぶっぽう》を説かれた霊妙な経文《きょうもん》と同等のものです。

「東北《とうぼく》」とは東北院《とうぼくいん》、すなわち一条天皇の皇后、上東門院《じょうとうもんいん》の御所《ごしょ》の名である。歌人和泉式部《いずみしきぶ》はここに仕《つか》えて方丈《ほうじょう》の間《ま》の一隅に住まい、軒端《のきば》に梅を植えた。

旅僧がこの梅に見入っていると、一人の若い女性がやって来て、あたりのいわれを説明し、読経を乞うて姿を消す。

僧が夜もすがら読経を続けていると、和泉式部が現れて礼を述べ、思い出を語る。引用の文は、この時の言葉である。式部は歌の功徳《くどく》で歌舞《かぶ》の菩薩《ぼさつ》となったのであった。「歌舞の菩薩」とは、極楽で楽を奏したり舞を舞ったりして、如来《にょらい》を讃美し、一般の極楽往生者《おうじょうしゃ》をほめ讃える菩薩のこと。謡曲では、ほかに在原業平《ありわらのなりひら》なども歌舞の菩薩になったとしている。

『古今和歌集』の序文が和歌を神秘視して、神の心を動かしたり、人生の不幸を好転させる力を持つ、と説いた影響もあって、十世紀ごろから和歌を経文《きょうもん》と同等に見なす風潮が起った。世阿弥も謡曲に多数の和歌を取り入れ、能役者に和歌の勉強をすすめた。

殺生石《せっしょうせき》

木石心《ぼくせきこころ》なしとは申《もう》せども、草木国土悉皆成仏《そうもくこくどしっかいじょうぶつ》と聞《き》く時《とき》は、もとより仏体具足《ぶったいぐそく》せり。

木や石には心がないと言うが、「仏の力により草木国土すべてが成仏する」という経文《きょうもん》を聞けば、もともと木石にも仏の身体《からだ》が備わっていることが分かる。

むかし野干《やかん》（狐のたぐい）の精が美女に化けて宮中に入り込み、いろんな悪事をなしたが、陰陽師《おんみょうし》に見破られて那須野《なすの》が原（栃木県）に逃げた。ここで射止められると石になり、なおも禍《わざわい》をつづけたので、殺生石《せっしょうせき》と名付けられた。ここを訪れた旅僧は、木石《ぼくせき》といえども仏身《ぶっしん》にほかならないから、成仏させて禍をとり除こうと、右のように言う。

「草木国土悉皆《しっかい》成仏」の思想は中世に広く行きわたり、謡曲にも何度も出てくる。謡曲「藤《ふじ》」では、越中《えっちゅう》（富山県）の海岸を通りかかった旅僧に、藤の精がこう言う。「海人《あま》が刈り取る海の草も木も、やがては成仏します。波の荒い深海《しんかい》にまで及ぶほど、仏の道は深いのです。」

万物が救済を待っているという思想は、聖書にもある。「我らは知る、すべて造られたるものの今に至るまで共に嘆き、共に苦しむことを。」（「ロマ書」八章）

山姥《やまんば》

邪正一如《じゃしょういちにょ》と見《み》る時《とき》は、色即是空《しきそくぜくう》そのままに、
仏法《ぶっぽう》あれば世法《せほう》あり、煩悩《ぼんのう》あれば菩提《ぼだい》あり、
仏《ほとけ》あれば衆生《しゅじょう》あり、衆生《しゅじょう》あれば山姥《やまんば》もあり。

「邪《じゃ》と正《せい》とは元来一つの心の違った現れ方なのだ」という見方をすれば、「この世の物事は実体のない空虚なもの」にほかならず、（一見）仏法があるから世の法がある、迷いがあるから悟りがある、仏があるから人間などの生き物がある、人間などの生き物があるから山姥もある（わけですが、実はみんな何の区別もない空虚なのです）。

深山幽谷《しんざんゆうこく》に住み、山めぐりを日課にしている老女「山姥」が、都から来た遊女とその伴の者に、舞いうたって聞かせる信念である。人間の五感にうつるものはすべて、実体のない、空虚なものであるという、釈迦《しゃか》の認識の根底を説いている。

釈迦はガヤーシーサ山（カルカッタの北西）で千人の修行僧を前に、こう説いた。

「すべては燃えている。…眼は燃えている、色形《いろかたち》は燃えている、眼の識別作用は燃えている…何によって燃えているのか、貪欲《どんよく》の火によって、瞋《いか》りの火によって、迷いの火によって燃えている、誕生・老死・憂悲苦愁悩《ゆうひくしゅうのう》によって燃えている。」（世界文学体系『インド集』）

痛《いた》はしや。
未《いま》だ邪淫《じゃいん》の業《ごう》深《ふか》き、その執心《しゅうしん》をふり捨《す》てて、なほなほ昔《むかし》を懺悔《さんげ》し給《たま》へ。
何事《なにごと》も懺悔《さんげ》に罪《つみ》の雲《くも》消《き》えて、真如《しんにょ》の月《つき》も出《い》でつべし。

お気の毒なこと。まだ恋慕の罪の深いその執着を思い切って捨て、もっともっと昔の生き方について懺悔《ざんげ》なさい。何事でも懺悔すれば罪の雲は消え、永久不変の真理の月が見えてくるでしょう。

船橋《ふなばし》

山伏が上州（群馬県）佐野の里を通りかかると、若い男女二人が、船橋（舟を並べて板を渡した橋）の建設について寄付を乞う。山伏がその志をほめたのち、『万葉集』の「東路《あずまじ》の佐野の船橋とりはなし…」という歌の真意を問うと、若者はこう語る。

佐野のある若者が、川向うの娘と恋仲になり、毎晩船橋を渡って逢いに行った。若者の親は二人の恋をきらい、橋板を取りはずした。若者は足を踏みはずし、川に命を落した。『万葉集』の歌はこのことを詠んだものだと言って、二人は消える。

山伏が回向《えこう》していると、二人の霊が現れ、女は間もなく成仏するが、男はなおも妄執《もうしゅう》に苦しむ。山伏が右の文のように懺悔をすすめると、若者はなおしばらく執念を燃やし、ありし日の逢い引きと転落のさまを演じて見せ、やがて成仏する。

嵐山《あらしやま》

真如《しんにょ》の月《つき》の澄《す》める世《よ》に、五濁《ごじょく》の濁《にご》りありとても、流《なが》れは大堰川《おおいがわ》、その水上《みなかみ》はよもつきじ。

（永久不変の真理を宿す月が、澄んだ光に包むこの世において、（人間の精神や行為に）さまざまな汚れがあるとしても、多くの流れを持つ大堰川《おおいがわ》の水上に、清らかな水の尽きることは、よもやあるまい。

時の帝が春、嵐山の花の様子を見に勅使を派遣すると、まさに花盛り。花の下で老夫婦が木陰を清めているので、話しかけると、嵐山の千本の桜は、吉野の桜を移植したもので、吉野の山を守って下さる勝手《かって》、木守《こもり》の二神《にしん》も時々お見えになると言う。

やがて老夫婦は、自分たちこそ勝手、木守なる夫婦の神だと明かし、嵐山の自然は神仏の恵みによって栄えているのだと説く。引用文はこのときの言葉である。

澄明な月光のもと嵐山の下を流れる大堰川《おおいがわ》（桂川）は、人間世界の乱れや汚れをよそに、不変の清らかさを保って流れることであろうと、自然に宿る神仏の恵み、ことに水の清らかさと豊かさをうたう。ここにはまた、水が「浄め」の力を持つことが暗示されている。

引用文の「大堰川」には「（支流の、水の）多い川」の含みがある。（九七ページ参照）

神《かみ》といひ仏《ほとけ》といひ、ただこれ水波《すいは》の隔《へだ》てなり。
然《しか》れば和光《わこう》の影広《かげひろ》く、一体分身現《いったいふんじんあらわ》れて、衆生済度《しゅじょうさいど》の御本尊《ごほぞん》たり。

神といい仏といっても、ただ水と波の違いでしかありません。ですから神仏はその光を和らげ、もとの姿をさまざまに変えて広く人々の前に現れ、救済の本尊《ほんぞん》となっているのです。

誓願寺《せいがんじ》

和泉式部の霊が一遍上人《いっぺんしょうにん》（鎌倉時代、時宗《じしゅう》の開祖）に語る言葉である。神も仏も、同一の本体が人々を救済するために光を和らげ、形を変えて現れたものだと説く。神仏習合の思想は謡曲のいたる所に見られるが、これはその代表的な文章である。

「嵐山」では蔵王権現が現れてこう説く。

「木守勝手、蔵王権現、一体分身《ふんじん》、同体異名《いみょう》…」（木守の神、勝手の神、蔵王権現などは、同一の本体の分身であり、異称である。）

なお「和光」に関連して、英国詩人T．S．エリオットにこんな詩句がある。

「真実も度を越すと人間には耐えられない。」（「バーント・ノートン」Ⅰ）

ここで言う「真実」とは宇宙存在に関する真理、神の摂理《せつり》、「光」にあたる。

放生川《ほうじょうがわ》

それ国《くに》を治《おさ》め、人《ひと》を教《おし》へ、善《ぜん》を賞《しょう》し、悪《あく》を去《さ》ること、直《すぐ》なる御代《みよ》のためしなり。かるが故《ゆえ》に、知《し》れるはいよいよ万徳《ばんとく》を得《え》、無知《むち》はまた恵《めぐ》みにかなひ、おのずから積善《しゃくぜん》の余慶《よけい》殊《こと》に満《み》ち、善悪《ぜんなく》の影《かげ》、響《ひび》きのごとし。

そもそも（神助《しんじょ》によって）国を治め、人を教化し、善を称揚《しょうよう》し、悪を消滅させるのが、正しい御代《みよ》の手本です。これによって、（神徳《しんとく》のありがたさを）知っている人はさらにもろもろの徳が身につき、知らない人もやはり神の恵みを受けます。善を積んだ人の功徳《くどく》は子孫にまで及びます。善悪の影響は、形と影、音と響きのようなものです。

余慶《よけい》――先代の功徳《くどく》が子孫にもたらす好影響のこと。

石清水《いわしみず》八幡宮の放生会《ほうじょうえ》（捕えた生き物を放してやる儀式）の日、魚を手にした老人がこのように謡い、君臣ともに信仰によって各々《おのおの》の道を歩まねばならぬ、と説く。老人は放生川《ほうじょうがわ》に魚を放った後、石清水八幡のご神徳をたたえ、実は私は八幡宮に仕える武内《たけうち》の神であると名乗って、姿を消す。武内の神とは、大和朝廷五代に仕え、文武両面に勲功《くんこう》があったという伝説の偉人、武内宿弥《たけのうちのすくね》を神格化した神である。中入り後、武内の神は神体を現わし、四季の和歌を捧げ、舞を舞う。

日想観《じっそうがん》なれば曇《くも》りも波《なみ》の、淡路《あわじ》、絵島《えしま》、須磨《すま》、明石《あかし》、紀《き》の海《うみ》までも見《み》えたり、見《み》えたり。満目青山《ばんぼくせいざん》は心《こころ》にあり。

弱法師《よろぼうし》

（日の恵みについて瞑想する）日想観《じっそうがん》で見ているから、（盲目の身にも）曇りなく見え、波の泡とともに、淡路、絵島、須磨、明石、紀伊の海までも見える。よく見える。見渡す限りの青々とした山々はこの心の中にあるのだ。

日想観―西を向いて正座し、日没を見て極楽浄土を思うこと。

俊徳丸《しゅんとくまる》は、人の讒言《ざんげん》を信じた父に追放され、心の苦しみから盲目の乞食となって、仏道を修行し、人に弱法師《よろぼうし》と呼ばれていた。

弱法師は施しを受けようと、今日天王寺（大阪市）にたどり着く。一方父はあやまちを悔い、天王寺で七日間、恵まれない人々に施しをして、今日が満願《まんがん》の日である。父は我が子に気づくが、気づかぬふりをして話しかけ、施しをする。弱法師は仏の慈悲をたたえ、天王寺の縁起《えんぎ》（由来《ゆらい》）を語る。父が日想観《じっそうがん》を促すと、俊徳丸は膝をついて合掌《がっしょう》したのち、難波《なにわ》（大阪市）周辺の景色を心眼に見て、右の引用文のように述べる。境遇にもかかわらず、内面の豊かさを見せる。

藤戸《ふじと》

藤戸《ふじと》の水底《みなそこ》の、悪竜《あくりゅう》の水神《すいじん》となって、恨《うら》みをなさんと思《おも》ひしに、思《おも》はざるに御弔《おんとむら》ひの、御法《みのり》の御船《みふね》にのりを得《え》て、即《すなわ》ち弘誓《ぐぜい》の舟《ふね》に浮《う》かめば、水馴棹《みなれざお》さし引《ひ》きて行《ゆ》く程《ほど》に、生死《しょうじ》の海《うみ》を渡《わた》りて、願《ねが》ひのごとくにやすやすと、彼《か》の岸《きし》に至《いた》り至《いた》りて、成仏得脱《じょうぶつとくだつ》の身《み》となりぬ。

藤戸の海底の邪悪《じゃあく》な竜神《りゅうじん》となって、祟《たた》ってやろうと思ったのに、思いがけずお弔いをいただいて、仏法の御舟《みふね》に乗ることができた。弘誓《ぐぜい》（広く衆生《しゅじょう》を救おうという御仏《みほとけ》の誓い）の舟に乗って、迷いの底から浮かび出たので、水になじんだ棹《さお》を差したり引いたりして行くうちに、生死《せいし》の海を渡って、願いどおり、安々と向う岸（彼岸《ひがん》、悟りの境地、極楽浄土）に着き、煩悩《ぼんのう》を脱して、仏の身となった。

頼朝の家臣《かしん》、佐々木盛綱《もりつな》は、藤戸の渡し場で若い漁夫に浅瀬を教えてもらい、そこを渡って先陣《せんじん》の功《こう》を立てたが、浅瀬の秘匿《ひとく》のため、漁夫を刺して海に沈めた。

後日、盛綱が備前《びぜん》（岡山県）の児島《こじま》を恩賞に戴いて乗り込むと、漁夫の母親が息子の恨みを申し立てて泣き伏す。盛綱は前非《ぜんぴ》を悔い、盛大な法事を行なって漁夫を弔う。すると漁夫の亡霊が現れ、引用文のように、恨みを述べるが、やがて読経の力で成仏する。

加茂《かも》

別雷《わけいかずち》の、雲霧《くもきり》をうがち、
光《ひかり》稲妻《いなずま》の、稲葉《いなば》の露《つゆ》にもやどるほどだに、鳴《な》る雷《かみなり》の、雨《あめ》を起《おこ》して降《ふ》りくる足音《あしおと》は、
ほろほろ、ほろほろ。とどろとどろと、踏《ふ》みとどろかす。

別雷《わけいかずち》の神が雲や霧を貫き、稲妻を放つと、稲妻の光は稲の葉の露にも宿る。その間にも雷《かみなり》は鳴りわたり、雨を降らせる。雨の降ってくる足音は、ほろほろ、ほろほろ、雷《かみなり》の足音は、とどろとどろと響きわたる。

別雷《わけいかずち》──京都、上賀茂神社の祭神《さいじん》。都を守り、正しい君臣《くんしん》の道を分け示す。

地方の神職《しんしょく》が上賀茂神社に参詣したとき、若い女に神社の起源を聞く。それによると、昔ある女が賀茂川を流れて来た白羽《しらは》の矢を家の軒《のき》に挿しておいたら、後日男の子を生んだ。そののち白羽の矢は雷鳴を轟《とどろ》かせて天に昇り、神となったのだという。
後場《のちば》に天女が現れ、神徳《しんとく》を讃えて舞を舞うと、そこに別雷の神が登場し、「都を守り、君臣の道を正しく分け示し、威光《いこう》を和らげて衆生と交わり、また雨を降らせ、稲妻を走らせ、雷鳴をとどろかせ、五穀を育て、国土を守る神である」と宣言する。
雨音《あまおと》の「ほろほろ」、雷鳴《らいめい》の「とどろとどろ」には、ほのぼのとした優しさがある。

難波《なにわ》

入江《いりえ》の松風《まつかぜ》、叢芦《むらあし》の葉音《はおと》、いづれを聞《き》くも、悦《よろこ》びの諫鼓苔《かんここけ》むし、
難波《なにわ》の鳥《とり》も驚《おどろ》かぬ御代《みよ》なり、ありがたや。

入り江の松を吹く風、群がる芦の葉ずれの音、どちらを聞いても悦びの歓呼《かんこ》の声と聞こえ、諫鼓《かんこ》は使われずに苔むして、難波の鳥を音で驚かすこともない御代です。何とも有難いことです。

諫鼓―むかし中国で、君主に訴えたり意見を述べに来た者に打ち鳴らさせるため、官庁に設けたという鼓《つづみ》。

先代の応仁《おうじん》天皇の御代に百済《はくさい》（くだら）の国から文物を伝えに来た王仁《おうにん》（わに）の霊が、老人の姿で現れ、当代の仁徳《にんとく》天皇の善政と太平の世を讃える言葉である。

行政の欠陥や生活の不満を申し立てる者もない「おさまる御代」を象徴する表現として、「諫鼓苔《かんここけ》むす」という言葉がある。ほかに謡曲「草紙洗《そうしあらい》」には、こんな表現もある。

「民のとざしもささぬ御代こそ尭舜《ぎょうしゅん》の嘉例《かれい》なれ。」

（国民が戸に錠も掛けないで暮らしている今の世は、古代中国の名君、尭・舜の善政の例そのままです。）

まず生身《しょうじん》を助《たす》けてこそ、仏身《ぶっしん》を願《ねご》ふ頼《たよ》りもあれ。
かかる憂《う》き世《よ》にながらへて、明《あ》け暮《く》れひまなき身《み》なりとも、
心《こころ》だに真《まこと》の道《みち》にかなひなば、祈《いの》らずとても終《つい》になど、仏果《ぶっか》の縁《えん》とならざらん。

まず、生きている我が身を大切にしてこそ、成仏を願うこともできるのです。このような辛《つら》い世に生き長らえて、明け暮れ暇なくすごしている身でも、心さえまことの道に叶っていれば、祈らなくても、しまいにはきっと成仏する機縁になりましょう。

黒塚《くろづか》

那智東光坊《なちとうこうぼう》の阿闍梨《あじゃり》（山伏の指導者）が、山伏一行とともに修行の旅に出て、東北の安達《あだち》が原で一軒の家に宿を借りる。そこの女主人は糸を繰《く》りながら、浮き世の辛《つら》さや人生のはかなさについて愚痴をこぼす。これに対して阿闍梨がのべた見解がこの文である。身体を大事にし、まじめに生きてゆけば、祈らなくても成仏できると言う。

この後、女が「薪《たきぎ》を取りに行きますが、寝室を決して見てはいけません」と言い残して出かける。しかし能力《のうりき》（荷運び）が覗《のぞ》き、ついで阿闍梨が覗いて見ると、腐乱死体が山と積んで、異臭を放っている。後場《のちば》に、女は鬼女《きじょ》となって一行に襲いかかるが、祈りによって力を失い、消え去る。

己心《こしん》の弥陀如来《みだにょらい》、唯心《ゆいしん》の浄土《じょうど》

阿弥陀如来《あみだにょらい》も自分の心の中にあり、浄土もまた心の中にあるのみ。（心こそ唯一の実在である。）

柏崎《かしわざき》

夫に旅の病気で死なれ、幼い息子も行方不明になった越後の国（新潟県）柏崎の中年女性は、悲しみのあまり物狂いになって、家を出る。

信州（長野県）善光寺の住僧《じゅうそう》が、幼い弟子をつれて如来堂《にょらいどう》に参詣に来ていると、物狂いの女が本堂に入ろうとする。僧が止めると、逆に女は仏道を説き、如来にお供えする物だと言って、夫の形見のかぶり物や衣服を取り出し、やがてこれを身につけて舞い始める。この時の謡の中に、引用の文が出てくる。

神も仏も極楽浄土も、仏法《ぶっぽう》そのものも、人の心の中にのみ存在すると説くこの言葉は、「華厳経《けごんきょう》」や「無《む》量寿経《りょうじゅきょう》」にあるという。「心」以外、いかなる客観的実在も認めない。（一三五ページ参照）

さて、住僧と一諸にいた幼い弟子は、物狂いの女が母親であると気づき、声を掛けて、二人は再会を喜び合う。

悪《あく》といふも善《ぜん》なり。煩悩《ぼんのう》といふも菩提《ぼだい》なり。

悪といっても、それは善と同じこと。迷いといっても、それは悟りと同じこと。

卒都婆小町《そとばこまち》

高野山《こうやさん》の僧が桂川のほとりで、一人の老婆が朽ちた卒都婆《そとば》（釈尊《しゃくそん》の遺骨などを安置し供養《くよう》する塔）に腰掛けているのを見て、ほかの所で休むように言う。すると老婆は仏の教えをあれこれ述べてやり返す。この問答の中で、右の言葉が出てくる。

万人の救済を誓った仏の慈悲により、悪人も（たとい地獄に堕ちても）やがては善人と化し、煩悩《ぼんのう》の身もやがては悟りを得て成仏する、という絶対恩寵《おんちょう》の思想である。それにしても、逆説的にずばり言い切った表現には驚かされる。

ついで老婆はたわむれの一首を詠む。

「極楽の内ならばこそ悪しからめ、そとは何かは苦しかるべき」

（極楽の中なら悪いでしょうが、外なら卒都婆《そとば》に腰掛けても構わないはずです。）

僧が老婆の名前を聞くと、小野小町の成れの果てだと明かす。するととつぜん、かつて小町に恋慕していた深草少将《ふかくさのしょうしょう》の霊がのり移って小町は狂乱状態になる。しかしやがて狂気を脱し、悟りの道に入ることを願う。（四一ページ参照）

遊行柳《ゆぎょうやなぎ》

徒《いたず》らに、朽木《くちき》の柳時《やなぎとき》を得《え》て、
今《いま》ぞ御法《みのり》にあひ竹《たけ》の、直《すぐ》に導《みちび》く弥陀《みだ》の教《おし》へ、
衆生《しゅじょう》称念《しょうねん》、必得往生《ひとくおうじょう》の功力《くりき》に引《ひ》かれて、草木《そうもく》までも仏果《ぶっか》に至《いた》る。

むなしく朽ちた柳も機会を得て、今こそ仏法にめぐり逢い、阿弥陀様の教えによってまっすぐ（浄土に）導かれる。「誰でも念仏を唱えれば必ず極楽往生する」という仏の力に引かれて、草木までも成仏できるのだ。

あひ竹の――「直《すぐ》」の枕詞。また、「あひ」は「御法《みのり》にあひ」とつづく。

旅僧が白河の関（福島県）に着くと、一人の老人が現れて、僧を古道《こどう》にいざなう。塚の上に柳の朽ち木を見つけて、僧がいわれを尋ねると、むかし西行がこの木陰に休み、

「道の辺《べ》に清水流るる柳影しばしとてこそ立ち止りけれ」

と詠んだので名木とされている、と言う。やがて老人は塚の近くで姿を消す。不思議に思った僧が朽ち木の柳のために読経していると、柳の精と名乗る気品《きひん》ただよう老人が現れ、柳にまつわるさまざまな故事を語り、この老木もありがたい供養により成仏できる、と喜んで舞う。初めの引用文は、この時の柳の精の言葉。

芭蕉《ばしょう》

然《しか》るに一枝《いっし》の花《はな》を捧《ささ》げ、御法《みのり》の色《いろ》をあらはすや。
一花《いっけ》開《ひら》けて四方《よも》の春《はる》、長閑《のど》けき空《そら》の日影《ひかげ》を得《え》て、
楊梅桃李《ようばいとうり》数々《かずかず》の、色香《いろか》に染《そ》める心《こころ》まで、諸法実相《しょほうじっそう》隔《へだ》てもなし。

ところで、仏前に捧げる一枝《ひとえだ》の花の色は、仏法そのものの色を表わしているのです。ある花が咲けば、やがてあたり一面春となり、のどかな空の日ざしを受けて、桜・梅・桃・李《すもも》など数々の花が、色香もよく咲きますが、そういう花の風情《ふぜい》も（成仏した）真の姿にほかならないのです。

楊《よう》—柳。ここは色のよい「桜」（オウ）とすべきだという説がある。
諸法実相—万物はそのままの姿で存在の真相を表している。

古代中国、楚《そ》の国の山中で修行する僧の庵《いおり》ちかくに毎夜やって来る女があった。尋ねてみると、読経を聞き、仏道がわかってきて嬉しい、もっと説いてほしいと言う。僧が庵で、草木国土悉皆《しっかい》成仏（万物みな成仏する）の道理を説くと、喜んで立ち去る。

僧がなおも行《ぎょう》を続けていると、女が芭蕉の精として現れ、万物にあまねく注がれる仏の恩恵について述べ、舞を舞う。はじめに引用した文は、この時の言葉である。人間を含めて万物の今の姿が実相、すなわち成仏した姿を示しているのだという。

春日《かすが》竜神《りゅうじん》

山《やま》は三笠《みかさ》に影《かげ》さすや、春日《はるひ》そなたにあらはれて、
誓《ちか》ひを四方《よも》に春日野《かすがの》の、宮路《みやじ》も末《すえ》ありや。
曇《くも》りなき西《にし》の大寺《おおてら》月澄《つきす》みて、光《ひかり》ぞまさる七大寺《しちだいじ》。
御法《みのり》の花《はな》も八重《やえ》桜《ざくら》の都《みやこ》とて、春日野《かすがの》の春《はる》こそ長閑《のどけ》かりけれ。

三笠山に光がさすと、春の日がその方に現れます。衆生済度《しゅじょうさいど》の御仏《みほとけ》の誓いを春日明神は四方《しほう》の寺社《じしゃ》に貸し与え、その光はとどまる所を知りません。恵みの曇ることのない西の浄土、西大寺《さいだいじ》の空に月が澄み渡り、その光は七大寺にあまねく及んでいます。（このように）仏法の花は八重に開き、奈良の都は八重桜の真っ盛り。春日野の春は、何とものどかなものです。

七大寺―東大寺、元興寺、西大寺、薬師寺、大安寺、興福寺、法隆寺。

明恵上人《みょうえしょうにん》は唐土《もろこし》の仏跡《ぶっせき》を訪ねようと思い立ち、暇乞《いとまご》いのために春日明神に参詣した。すると一人の老人が現れて、入唐を思い止まるようにすすめる。その際、今日わが国においても仏法はあまねく広まり、この春日明神は釈尊《しゃくそん》が衆生済度のために別の姿で現れ給うたものである、等々語って、日本にいても十分に信仰は果せるという。この話を締め括るのが引用した原文である。上人は入唐を思い止まる。

有難《ありがた》や、諸仏《しょぶつ》の誓《ちか》ひ様々《さまざま》なれども、わきて超世《ちょうせ》の悲願《ひがん》とて、
迷《まよ》ひの中《なか》にも殊《こと》になほ、五《いつ》つの雲《くも》は晴《は》れやらぬ、
雨夜《あまよ》の月《つき》の影《かげ》をだに、知《し》らぬ心《こころ》の行《ゆ》くへをや、西《にし》へとばかり頼《たの》むらん。
げにや頼《たの》めば近《ちか》き道《みち》を、何《なに》はるばると思ふらん。

有難いことに、諸仏の誓いは色々ですが、中でも（阿弥陀《あみだ》さまの万人救済という）諸仏を超えた悲願があります。万人の中でも五障《ごしょう》の雲のような、晴れることのない雲に蔽《おお》われた雨夜《あまよ》の月（罪を背負った女の心）だって、実は輝いているのです。それを知らない人も、ぜひ西方《さいほう》極楽浄土へ導いて下さいと阿弥陀さまに頼るでしょう。ほんとに、阿弥陀さまにすがれば成仏の近道なのに、なぜ遠い道のりだと思うのでしょう。

五つの雲―五障《ごしょう》。女に生まれつきつきまとう、成仏を邪魔する五つの障害。

ある念仏の行者《ぎょうじゃ》が奈良の当麻寺《たえまじ》に詣でたところ、気品のある老尼《ろうに》が若い女をつれて参詣しているのに出会う。引用文は、このとき老尼が連れに話す言葉の一部である。

「雨夜《あまよ》の月」の比喩は、謡曲「百万《ひゃくまん》」などにも出てくるが、つぎの古歌による。

「弥陀《みだ》頼む人は雨夜《あまよ》の月なれや雲（罪のこと）晴れねども西にこそ行け」（『玉葉集《ぎょくようしゅう》』）

老尼は阿弥陀如来の化身《けしん》、若い女は観世音菩薩の化身であった。

七

雑

船弁慶

紅葉狩《もみじがり》

「林間《りんかん》に酒《さけ》をあたためて紅葉《こうよう》を焚《た》くとかや。」
「げに面白《おもしろ》や、ところから、巌《いわお》の上《うえ》の苔筵《こけむしろ》、かたしく袖《そで》も紅葉衣《もみじごろも》のくれなゐ深《ふか》きかほばせの、この世《よ》の人《ひと》とも思《おも》はれず、胸《むね》うち騒《さわ》ぐばかりなり。」

「林の中で（集めた）紅葉を燃やして酒を温める。」
「実にいい眺めだ。この所らしく、岩の上は苔のむしろを敷いたようだし、そこに片袖を敷いて横になっている（女性の）袖にも衣にも、濃く色づいた紅葉が降りかかり、赤く染まった顔色は、この世の人とも思われず、ただもう胸さわぎがする。」

ある夕暮れ、紅葉の山かげに、上流人らしい女性が侍女《じじょ》たちと酒宴を催していた。鹿狩りの途中通りかかった平維茂《たいらのこれもち》の一行は、馬から下りて少し離れた道を行くが、なぜかまたその女に逢い、酒宴に付き合わされる。一行が席についたとき、女は引用の初めの文をうたい出す。後の文は維茂がうたう。赤く染まった山中に、無気味に赤い女の顔。

「林間に酒をあたためて紅葉を焚く」は白居易《はくきょい》の有名な詩行で、この後「石上《せきしょう》に詩を題して緑苔《りょくたい》を掃《はら》ふ」（石の上の緑の苔《こけ》を払って、そこに詩を書く）とつづく。

中入り後、嵐とともに女性は鬼女《きじょ》となって襲《おそ》って来るが、維茂はこれを退治する。

善知鳥《うとう》

ただ明《あ》けても暮《く》れても殺生《せっしょう》をいとなみ、遅々《ちち》たる春《はる》の日《ひ》も所作《しょさ》たらねば時《とき》を失《うしな》ひ、秋《あき》の夜長《よなが》し、夜長《よなが》けれども、漁火《いさりび》白《しろ》うして眠《ねむ》ることなし。九夏《きゅうか》の天《てん》も暑《しょ》を忘《わす》れ、玄冬《けんとう》の朝《あした》も寒《さむ》からず。

ただ殺生《せっしょう》に明け暮れ、日暮れの遅い春の日も仕事に追われて暇がなく、秋の夜長は長いけど、いさり火が白く輝く（もとで仕事を続ける）ので、眠る間がない。九十日の夏の間も暑さを忘れ、ま冬の朝も寒いとは思わない。

諸国一見の僧に一人の老人が現れて、「陸奥《みちのく》の外《そと》の浜（青森湾岸）の猟師が去年死んだので、その妻子を訪ねて、そこにある蓑《みの》と笠、それに生前着ていた麻衣《あさぎぬ》の袖を渡し、回向《えこう》を頼んでほしい」と言う。僧が妻子に依頼の品を渡して伝言を伝えると、妻子は喜びかつ嘆いて、一同でねんごろに弔う。すると猟師の亡霊が現れて妻子を慕《した》うが、殺生《せっしょう》の罪のために近寄れない。亡霊は生前の猟師の行為を悔《く》い、地獄の責め苦、ことに善知鳥《うとう》（海鳥《うみどり》の一種）を殺した報いについて語る。善知鳥がタカとなり、キジになった猟師に鉄のくちばしで追い迫る。

引用文は、亡霊が言葉少なに語り尽した猟師の厳しい生活。

老松《おいまつ》

紅梅殿《こうばいどの》は御覧《ごらん》ずらん。
色《いろ》も若木《わかき》の花守《はなもり》までも、華《はな》やかなるに引《ひ》きかへて、
守《まも》る我《われ》さへに老《おい》が身《み》の、影古《かげふる》びたるまつ人《ひと》の、翁《おきな》さびしき木《こ》の本《もと》を、
老松《おいまつ》と御覧《ごらん》ぜぬ、神慮《しんりょ》もいかが恐《おそ》ろしや。

紅梅殿《こうばいどの》（という梅の木）はご覧になったでしょう。花の色からして若々しい木で、番人までが華やかな姿をしていますが、それにひきかえ（松のほうは）、守る私までが老人です。この古びた松の木は、人を待つ老人のような姿をして、さびしい木陰を作っています。この木を老松《おいまつ》とお思いにならないようでは、神の御心《みこころ》が恐ろしい。

都の梅津という人が太宰府《だざいふ》の安楽寺《あんらくじ》（道真《みちざね》を葬《ほうむ》った寺）に詣でると、若い男を連れた老人に逢い、「飛び梅」はここでは「紅梅殿《どの》」（もと、都の道真邸の名）と呼ばれ、「老松《おいまつ》」も道真がだいじにしていたご神木《しんぼく》で、共に崇《あが》められていることを教わる。この中で、梅津が老松に気づくのが遅かったというので、老人は右の引用のように不満をぶつける。はなやかな紅梅と、さびさびとした老松《おいまつ》のコントラスト。

「飛び梅」は、道真が太宰府に流される時に詠んだ歌、「東風《こち》吹かば匂ひおこせよ梅の花あるじなしとて春な忘れそ」に感動して、都の道真邸から安楽寺へ飛び移ったという。

養老《ようろう》

それ行《ゆ》く川《かわ》の流《なが》れは絶《た》えずして、しかも本《もと》の水《みず》にはあらず。流《なが》れに浮《う》かむうたかたは、かつ消《き》えかつ結《むす》んで、久《ひさ》しくすめる色《いろ》とかや。殊《こと》にげにこれはためしも夏山《なつやま》の、下行《したゆ》く水《みず》の薬《くすり》となる。奇瑞《きずい》を誰《たれ》かならひみし。

そもそも流れ行く川の水は絶えることなく、しかももとの水ではありません。流れに浮かぶ泡が生滅《しょうめつ》しているあの水は、昔からずっと澄み渡っています。特にこの水は、まったく他に例を見ない、夏山の中を流れる水が薬となったもので、こんなおめでたい奇蹟をかつてだれか見たためしがありましょうか。

雄略《ゆうりゃく》天皇の御代《みよ》に、美濃《みの》の国（岐阜県）に養老というふしぎな泉がわき出るというので、勅使がさし向けられた。勅使は現地で親子らしい二人づれに逢い、「養老」の名のいわれを尋ねると、二人はこう答える。「ある日息子が山の仕事に疲れて、この滝壺の岩間《いわま》から湧き出る水を飲むと、身も心も爽やかになりました。持ち帰って父母にも与えたところ、老いを忘れる心地だったので、老いを養う『養老』と名付けました。」

このあと、老人は引用文のような説明を加える。原文の冒頭「それ…久しく」は、『方丈記』の冒頭文のパロディー。泡の生滅に「無常」の暗示がある。

駈《か》け寄《よ》せて見《み》奉《たてまつ》れば、重手《おもで》は負《お》ひ給《たま》ひぬ。乗替《のりかえ》に召《め》させ参《まい》らせ、
この松《まつ》が根《ね》に御供《おんとも》し、はや御自害《おんじがい》候《そうら》へ、巴《ともえ》も供《とも》と申《もう》せば、
その時義仲《ときよしなか》の仰《おお》せには、汝《なんじ》は女《おんな》なり、忍《しの》ぶ便《たよ》りもあるべし。

巴《ともえ》

馬を駆け寄せてご様子を拝見すると、重い傷を負っておいでです。乗り替えの馬にお乗せ申し、この松の根元までお供して、「さあ早くご自害なさいませ、巴もお供いたします」と申しましたところ、そのとき義仲さまは、「おまえは女だ、人目を忍んで生きる手だてもあるだろう」とおっしゃいました。

旅僧が近江《おうみ》の国（滋賀県）粟津《あわづ》が原で、木曾《きそ》義仲《よしなか》に愛された女性、巴《ともえ》の霊と逢う。武者姿の巴は、「義仲を最期まで見てやれなかった、その心残りで現れた」と言い、義仲の上洛《じょうらく》から敗戦までのいきさつ、二人の悲痛な別れ、そして夫の遺言に従い、自分がひとり木曾に帰った哀れな姿について語り、回向《えこう》を乞う。引用文は二人の別れの様子を述べたもの。

女武者《おんなむしゃ》巴は重傷の夫に自害をすすめ、自分も死ぬつもりだったが、「女は生きよ」と言われて、涙ながらに死を思い止まる。そこに敵軍が攻め寄せるが、巴は長刀《なぎなた》で追い払う。このまま武人《ぶじん》の道を進みたいのに、女の道を行かねばならぬ悲しさ。

舟弁慶《ふなべんけい》

「知盛《とももり》が沈《しず》みしその有様《ありさま》に、また義経《よしつね》をも海《うみ》に沈《しず》めんと、夕波《ゆうなみ》に浮《う》かめる長刀《なぎなた》取《と》り直《なお》し、巴波《ともえなみ》の紋《もん》、あたりを払《はら》ひ、うしほを蹴立《けた》て、悪風《あくふう》を吹《ふ》きかけ、眼《め》もくらみ、心《こころ》も乱《みだ》れて、前後《ぜんご》を忘《ぼう》ずるばかりなり。」

「その時義経《ときよしつね》すこしも騒《さわ》がず…」

「知盛は自分が海に沈んだ時のように義経をも沈めるぞと言い、夕波に浮かべてあった長刀を持ち直して巴波の紋のようにあたりを斬《き》り払い、潮を蹴立て、毒を含んだ風を吹きかけるので、（義経一行は）眼がくらみ、心は乱れ、どうしてよいかわからず、手をこまねいているばかりだ。」

「その時義経は少しもあわてず…」

静御前《しずかごぜん》を都に送り帰した義経一行は、大物《だいもつ》の浦（兵庫県尼崎市）から船出する。天候が急変し、平家一門の亡霊が現れる。中でも平知盛《たいらのとももり》の亡霊は、義経めがけて襲って来る。引用の初めの文は、その時のすさまじい光景を知盛の言葉で描いている。

「その時義経すこしも騒がず」は、義経自身の言葉。子方《こかた》（少年の演者）がりりしい声を響かせる。義経は堂々と戦うが、弁慶は刀では無理とみて、数珠《じゅず》をもんで祈り、怨霊《おんりょう》を退散させる。

敦盛《あつもり》

上《かみ》にあっては下《しも》を悩《なや》まし、富《と》んでは驕《おご》りを知《し》らざるなり。

（平家の一門は、）高い地位にいると下々《しもじも》の者を苦しめ、裕福になるとおごり高ぶるが、自分のそういう姿を知らなかったのだ。

熊谷直実《くまがいなおざね》が出家《しゅっけ》して蓮生《れんせい》と名乗り、自分が手にかけた平敦盛《たいらのあつもり》を弔っていると、敦盛の霊が現れて礼を述べ、ついで平家一門の栄華とおごりが一時の空しいものであったことを述懐《じゅっかい》する。引用文はこの時の敦盛の言葉。

英国の哲学者バートランド・ラッセルは、人間の欲望を食欲、性欲、金銭欲、名誉欲などと列挙したのち、ナポレオンやヒットラーの例をもとに、最も広範囲に有害で始末が悪く、しつこく人間につきまとう欲望は支配欲・権力欲であると言っているが、平清盛もこの例にあてはまるかもしれない。

さて敦盛の霊はこののち、平家の天下はわずか二十余年で、敗北の後は一門の者は木の葉のように四散《しさん》し（一一八三年七月）、悲しい末路《まつろ》であったことをしみじみ語る。

また少し遡《さかのぼ》って二月、父の経盛《つねもり》が身内《みうち》を集めて歌舞《かぶ》の遊びを催し、敦盛も笛（いわゆる「青葉の笛」）を吹いて楽しんだことを思い出して語る。

石橋《しゃっきょう》

その長《なが》さ三丈余《さんじょうよ》、谷《たに》の底《そこ》ばく深《ふか》きこと、千丈余《せんじょうよ》におよべり。上《うえ》には滝《たき》の糸《いと》、雲《くも》より懸《かか》りて、下《した》は泥梨《ないり》も白波《しらなみ》の、音《おと》は嵐《あらし》に響《ひび》き合《あ》ひて、山河震動《さんかしんどう》し、天《あめ》つちくれを動《うご》かせり。

その（石橋《しゃっきょう》の）長さは三丈以上、谷はきわめて深く、千丈以上に及んでいます。橋の上の方には滝の糸が雲から下がっていて、下は地獄かと思うほど底しれず深く、白波の音は嵐と響き合って、山も河も震動し、天が地を揺り動かしたのかと思うほどです。

丈《じょう》―古代中国の尺度については不詳。

寂昭法師《じゃくじょうほっし》という僧が唐に渡り、各地一見ののち有名な石橋《しゃっきょう》のたもとに着く。やがて一人の少年が現れ、石橋は文殊菩薩《もんじゅ》の浄土《じょうど》、清涼山《しょうりょうぜん》に通じる橋で、昔から高僧すら難行苦行の後やっと渡った危険な橋だと教える。引用文はその一部である。

このほかに少年が語ったことは、石橋は人工によらず自然に出現した橋であること、虹の形をしていること、幅が一尺もなくて、苔が滑りやすいこと、などである。

待てと言われて僧が待っていると、荘重な楽の音とともに、文殊菩薩の使いという獅子が現れ、牡丹《ぼたん》の花に戯《たわむ》れて豪壮《ごうそう》かつ絢爛《けんらん》たる舞を見せ、御代《みよ》を祝福する。

志賀《しが》

山路《さんろ》に日暮《ひく》れぬ、樵歌牧笛《しょうかぼくてき》の声《こえ》。
人間万事《にんげんばんじ》様々《さまざま》の、世《よ》を渡《わた》り行《ゆ》く身《み》の有様《ありさま》、
物《もの》ごとにさへぎる眼《まなこ》の前《まえ》、光《ひかり》の影《かげ》をや送《おく》るらん。

山路《やまみち》で日は暮れ、樵《きこり》の歌や牧人《ぼくじん》の笛の音が聞こえてくる。人間が暮らしてゆく様々な様子を見るに、何かと障害はあってもその日暮らしに月日を送っているのだろう。

時の帝に仕える一臣下《しんか》が、江州《ごうしゅう》（滋賀県）志賀《しが》の山桜を眺めていると、薪《たきぎ》を背にした老若《ろうにゃく》二人の木こりが歌をうたいながら来る。右の引用はその一部である。

冒頭の一文は、『和漢朗詠集』の、紀斉名《きのただな》の詩を引いている。

山路《さんろ》に日落ちぬ　耳に満《み》てるものは樵歌牧笛の声　澗戸《かんこ》に鳥帰る　眼《まなこ》に遮《さえぎ》るものは竹煙松霧《ちくえんしょうぶ》の色

（山路に日が落ちて、耳に聞えるものは木こりの歌声や牧人《ぼくじん》の笛の音。鳥も谷間のねぐらに帰り、視界を遮るものは竹やぶや松林の夕もや。）

山間の夕暮れの情緒をうたったこの漢詩を、引用の第一文では人間の一日の仕事の終了に結びつけ、さらに第二文で、貧しい人々の暮らしを思いやっている。

さて、この二人は歌人大伴黒主《おおとものくろぬし》の霊と里の男で、黒主は後場《のちば》に御代《みよ》を祝して舞う。

大蛇《おろち》

川風《かはかぜ》暗《くら》く水渦《みづうづ》巻き、雲《くも》は地《ち》に落《お》ち、浪立《なみた》ち上《あ》がり、山河《さんか》も崩《くづ》れ鳴動《めいどう》して、現《あら》れ出《い》づる大蛇《だいじゃ》の勢《いきお》ひ。年《とし》ふる角《つの》には雲霧《くもきり》かかり、松榧《まつかや》そびらに生《お》ひ臥《ふ》して、眼《め》はさながらあかがちの光《ひかり》を放《はな》ち、角《つの》を振《ふ》り立《た》て、さも恐《おそ》ろしき。

川風が暗く吹き、水は渦を巻き、雲は地に落ち、浪は立ち上がり、山も河も崩れんばかりに鳴動する中を、すさまじい勢いで大蛇が現れた。古びた角《つの》には雲や霧がかかり、背中には松や榧《かや》が生えて枝を垂れ、眼はまるでほうずきの光を放ち、角を振り立てて、何と恐しいことか。

そびら——背中。　あかがち——ほうずき。

スサノヲの尊《みこと》が出雲《いづも》の国（島根県）で、一人の娘を中に老夫婦が嘆いているのでわけを尋ねると、川上に住む大蛇《だいじゃ》が毎年娘を奪ってすでに七人に達し、今またこの稲田姫《いなだびめ》を取られるのだと訴える。尊《みこと》はその大蛇を退治するから姫を妻にほしいと言い、老夫婦を喜ばせる。尊は壇を作って稲田姫をのせ、下に酒船《さかぶね》（大きな酒樽《さかだる》）を据えて酒を満たす。ここに大蛇の登場（引用文）。日本の怪獣の元祖《がんそ》である。想像力の逞《たくま》しさに驚く。なお、『古事記』のヤマタノオロチは頭と尾が八つずつあるが、能のオロチは一つづつと簡略化している。

スサノヲの尊は酔った大蛇と闘ってこれを退治し、稲田姫を妻に迎える。

あら貴《たっと》の御造《みつく》りや。聞《き》くも名高《なだか》き雲《くも》の垣《かき》、霞《かすみ》の軒《のき》も玉簾《たますだれ》、かかる時代《ときよ》に逢《お》ふ事《こと》よと、命嬉《いのちうれ》しき長生《ながい》きの、天晴《あっぱ》れ老《お》いの思《おも》ひ出《で》や。

金札《きんさつ》

ああ、ありがたいご造営だ。あの名高い出雲《いづも》の八重垣《やえがき》のように雲が垣根をなし、霞が軒を作って簾《すだれ》を掛けたかのようだ。このような御代に逢うことができたのも長生きしたおかげで、年寄りのいい思い出になる。

桓武《かんむ》天皇が、伏見《ふしみ》の里（京都府）に神社を造営すべく勅使を派遣する。勅使が現地に着くと、ふしぎなことに老人が現れて右のように言う。老人はまだそこに無い神社を心眼《しんがん》に見て感嘆し、喜んでいるのである。「聞くも名高き雲の垣」は、スサノヲの尊《みこと》が邸宅（須賀《すが》の宮）を造営したとき、まわりから雲がわき起こったのに大喜びして詠んだ次の歌のことを言っている。

八雲《やくも》立つ出雲八重垣妻籠《やえがきつまご》みに八重垣作るその八重垣を

（八重に雲のわき立つ出雲に八重の垣を作ろう。妻［稲田姫《いなだびめ》］を住まわせておくために八重の垣を作るのだ、八重の垣を。）

この歌は和歌の元祖とされている。

過《あやま》って仙家《せんか》に入《い》って、半日《はんじつ》の客《かく》たりといへども、旧里《きゅうり》に帰《かえ》って、七世《しちせ》の孫《まご》に逢《あ》へるとこそ、承《うけたまわ》りて候《そうら》へとよ。況《いわ》んや十余年《じゅうよねん》の月日《つきひ》ありあまりて、今日《きょう》しもかかる憂《う》き業《わざ》を、見合《みあ》ひ申《もう》すは不祥《ふしょう》なり。

間違って仙人の家に入り、半日お邪魔しただけなのに、郷里に帰ったら七代下の孫に逢ったという話を聞いております。まして十年余りという長すぎる歳月をお過ごしになり、今日になってお互いこんな情けない結果を見るのは、不吉でございます。

薩摩《さつま》の国（鹿児島県）の日暮《ひぐれ》氏は、訴訟の件で都に上り、十年もたつのにまだ帰らない。召使の左近《さこん》の尉《じょう》は、一人で稲作をして、あるじの妻子を養ってきたが、今年の稲田《いなだ》は鳥が多くて、追う人が必要だと、あるじの一子花若《はなわか》に鳥を追えと迫る。母親と左近の尉との間に口論があるが、けっきょく母子ともに鳥追い船に乗り、羯鼓《かっこ》（首にかける小さな鼓）を打ったり、鳴子《なるこ》を引いたりして、恨みかつ嘆きながら鳥を追う。

日暮氏が帰国すると、鳥追い船に妻子が乗っているので、おどろいて事情を聞き、主人の妻子に労役《ろうえき》を強いたかどで、左近の尉を手討《てう》ちにすると言う。そこで妻は右のように言って夫をたしなめ、左近の尉を赦してもらう。

女郎花《おみなめし》

「おう曠野《こうや》人稀《ひとまれ》なり。我《わ》が古墳《こふん》ならでまた何者《なにもの》ぞ。」
「屍《かばね》を争《あらそ》ふ猛獣《もうじゅう》は禁《きん》ずるに能《あた》はず。」
「なつかしや、聞《き》けば昔《むかし》の秋《あき》の風《かぜ》。」

「おう、広い野に人影はまれだ。わが古い墳墓《ふんぼ》でなくて何であろう。」
「屍《しかばね》を争ってむさぼる猛獣は、止めることができない。」
「ああ懐かしい。昔と同じ秋風の音が聞こえる。」

旅僧が石清水《いわしみず》八幡宮参詣のため男山《おとこやま》の麓に来て、女郎花《おみなえし》の花を一本折ろうとすると、老人が近寄って、おしとどめる。老人は僧に男塚《おとこづか》、女塚の二つの古い墓を示し、「女は都の者、男は小野頼風《おののよりかぜ》だ」と言って姿を消す。僧は夜通し回向《えこう》をつづける。

翌朝、二人の霊が現れ、右の文を連吟する。初めの二文は、野獣が屍を貪《むさぼ》る荒野《あれの》の墳墓《ふんぼ》を思い描く。生の懐かしさと死の嫌悪《けんお》。

二人は交互に語る、「我々は深い仲だったが、頼風がしばし疎遠《そえん》にすると、女は捨てられたと思い、川に身を投げた。頼風が泣く泣く死骸を塚に葬ると、塚から女郎花が一本生え出た。間もなく頼風も身を投げ、のちに男塚・女塚が出来た。」

空《そら》にいつしか行《ゆ》く雲《くも》の、羨《うらやま》しき景色《けしき》かな。
迦陵頻伽《かりょうびんが》の馴《な》れ馴《な》れし声《こえ》、いまさらに僅《はつ》かなる、
雁《かり》がねの帰《かえ》り行《ゆ》く、天路《あまじ》を聞《き》けばなつかしや。
千鳥鷗《ちどりかもめ》の沖《おき》つ波《なみ》、行《ゆ》くか帰《かえ》るか春風《はるかぜ》の、空《そら》に吹《ふ》くまでなつかしや。

あの空にいつ行けるかしら。空を行く雲の何と羨ましいこと。聞きなれた迦陵頻伽の声が今ことさらに思い出され、これとやや声の似た雁《がん》が空を渡って帰って行く声を聞くと、心が引かれる。（下界では）千鳥《ちどり》や鷗《かもめ》が沖の波に浮かび、行ったり来たりする。空吹く春風にまで心引かれてしまう。

迦陵頻伽《かりょうびんが》は美声で鳴く極楽の鳥であるが、謡曲ではここに見られるように広く天の鳥として扱う（たとえば謡曲「西王母《せいおうぼ》」では、仙女《せんにょ》西王母が天から降臨すると、くじゃく、鳳凰《ほうおう》、迦稜頻伽があたりを飛び回る）。天人は日ごろ聞き慣れたその声に心引かれる。空を渡る雁の声や春風にも心が引かれる。天人は涙する。羽衣を取られるという思いもよらない災難に遭い、しかも今はまだ返してもらう見込みがない。お先真っ暗な気持ちで天の風物に心を寄せる。嘆きの言葉とはいえ、優雅なイメージで楽しませてくれる。（六三ページ参照）

熊坂《くまさか》

東南《とうなん》に風《かぜ》立《た》って、西北《せいぼく》に雲《くも》静《しず》かならず。
夕闇《ゆうやみ》の、夜風《よかぜ》激《はげ》しき山陰《やまかげ》に、梢《こずえ》木《こ》の間《ま》や騒《さわ》ぐらん。

東南に風が吹き起こり、西北の雲がおだやかでない。夕闇に夜風が吹き荒れるこの山陰は、梢が揺れ動き、木々の間がざわめいている。

平安末期の大盗賊、熊坂長範《くまさかのちょうはん》の霊が出現するときの第一声。これは人を襲って宝を奪うおそろしい雰囲気そのもので、彼の出現にふさわしい。この言葉は、天下太平を意味する「東南に雲収まり、西北に風静かなり」という成句をもじったものである。

亡霊が登場するときの第一声は、その人の風格や精神状態を表して、面白い。

「女郎花《おみなめし》」の小野頼風《おののよりかぜ》の霊は、「おう曠野《こうや》人稀《ひとまれ》なり。我が古墳《こふん》ならでまた何者ぞ」と、この世を懐かしみながらも荒れすさんだ墳墓の地を慨嘆する。（一六五ページ参照）海に身を投げた若い「清経《きよつね》」の後《のち》シテは、「聖人に夢なし、誰あって現《うつつ》と見る…」（聖人だけじゃない、誰が夢を現実と考えようぞ）とすこし哲学的である。（四〇ページ参照）

「善知鳥《うとう》」の猟師の霊は、「陸奥《みちのく》の外《そと》の浜なる呼子鳥《よぶこどり》、鳴くなる声はうとうやすかた」と、生前の殺生の罪が念頭を去らない。（一五四ページ参照）

げにやおもんみれば、いづくとても住《す》めば宿《やど》、住《す》まぬ時《とき》には故郷《こきょう》もなし。この世《よ》はそもいづくのほどぞや。牛羊径街《ごようけいがい》に帰《かえ》り、鳥雀《ちょうじゃく》枝の深《ふか》きに集《あつ》まる。

ほんとに、考えてみると、どこであろうと住めばそこが宿、住まない時には、そこは故郷でも何でもない。この世（の安住の地）は、一体どこなのだろう。牛や羊はけわしい小路《こみち》をたどって帰り、雀などの鳥は枝の茂った所に集まって住むというのに。

奈良の女曲舞《おんなくせまい》の百万は、夫に死に別れ、一人息子は行方不明である。物狂いとなって、子を探しながら嵯峨の清涼寺《せいりょうじ》にたどり着き、おりからの大念仏（大勢が大声で念仏を唱える行事）に加わって、子に逢わせたまえと一心に祈る。また、せつない胸のうちを謡いつつ舞う。この時の言葉の一部が、右の引用文である。（「曲舞《くせまい》」は、物語歌《ものがたりうた》に合わせて舞う踊り子）

鳥獣でさえも宿る住み家があるのに、人間には安住の地がない、と我が身の不幸から苦労の尽きぬ人生一般に言及している（最後の文は杜甫《とほ》の詩の引用）。

百万の息子は、奈良の西大寺《さいだいじ》で迷子になった時ある男に拾われ、今日いっしょに清涼寺の大念仏に来ていた。百万の舞を見たのちに、男は息子を母親に引き合わせる。

百万《ひゃくまん》

皇帝《こうてい》

「いかに貴妃《きひ》、今日《きょう》はいつしか曇《くも》る日《ひ》の暮《く》るる夕《ゆう》べも、
朧月夜《おぼろづきよ》の晴《は》れぬ心《こころ》はいかなるぞ。」
「げにや衣《ころも》を取《と》り、枕《まくら》をおすべき力《ちから》もなく、
苦《くる》しき心《こころ》にせきかぬる涙《なみだ》の露《つゆ》の玉葛《たまかずら》、かかる姿《すがた》は恥《は》ずかしや。」

「どうだね貴妃、今日はいつの間にか曇って、日も暮れ、霞んだ朧月夜になったが、そなたもそんなふうに気分が晴れないかね。」
「ほんとに、着物をぬいだり枕を押したりする力もなく、心は締め付けられるようで、涙をせき止めることもできません。涙の露の玉が玉飾りのように連なって落ちて来ます。こんな姿をお見せするのは、何ともお恥ずかしいことです。」

唐の玄宗《げんそう》皇帝は、寵愛する楊貴妃が病いに臥しているので心痛み、夜ふけてひとり寂しく朧月《おぼろづき》を眺めていた。するとつぜん老人が現れて、「自分は鍾馗《しょうき》という者の霊です。高祖皇帝の恩義に報いるために、貴妃の病気をお直しいたしますから、明王鏡《みょうおうけい》を枕辺に立てておいてください」と言って姿を消す（一一八ページ参照）。鍾馗に会ってから、皇帝は貴妃を見舞い、右のように言葉を交わす。
鍾馗は後刻、人の眼には見えないが明王鏡には映っている病魔を退治する。

鵺《ぬえ》

さて火《ひ》をともしよく見《み》れば、頭《かしら》は猿《さる》、尾《お》は蛇《くちなわ》、足手《あして》は虎《とら》の如《ごと》くにて、鳴《な》く声《こえ》鵺《ぬえ》に似《に》たりけり。恐《おそ》ろしなんども、おろかなる形《かたち》なりけり。

さて火をともしてよく見ると、頭は猿、尾は蛇、足や手は虎のようで、鳴く声は鵺に似ていた。恐ろしいなどという言葉では足りない、奇怪な形をしていた。

鵺《ぬえ》―トラツグミの別名。ツグミより大きく、夜間もの悲しい声で鳴く。ただしここでは、泣き声が鵺に似た怪獣のこと。
おろかなる（疎《おろ》かなる）―不十分な。

旅僧が摂津《せっつ》の国芦屋の里で鵺の霊に逢う。霊はこう語る。
「若い近衛《このえ》天皇が夜ごと悩み苦しまれ、高僧たちの祈禱《きとう》も効き目がなかったので調べたところ、夜中に皇居の上を黒雲が蔽《おお》うと苦しまれることがわかった。宮中の高官たちは化物のしわざと断定し、源《みなもとの》頼政《よりまさ》（源三位《げんざんみ》頼政）に警護を命じた。夜中、頼政が見上げると、雲の中に妖《あや》しい姿が見えた。弓で射落してよく見ると、右の通りの怪獣であった。」
鵺は頼政に射止められるところや、頼政が褒美《ほうび》に剣を賜わるところまで、仕草と舞で見せる。いかにも能らしい、簡素な演出である。

和布《め》刈《かり》

竜神《りゅうじん》すなはち現《あらわ》れて、めかりのところの水底《みなそこ》をうがち、払《はろ》ふや潮瀬《しおせ》に、こゆるぎの磯菜《いそな》摘《つ》む、めさしぬらすな沖《おき》にをれ浪《なみ》、沖《おき》にをれ浪《なみ》と、ゆふ汐《うしお》をしりぞけ、屏風《びょうぶ》を立《た》てたるごとくにわかれて、海底《かいてい》の砂《いさご》は平々《へいへい》たり。

そのとき竜神が現れ、若布《わかめ》を刈る場所の潮を払いのけて海底を露出させ、「磯で海草を摘む女を水で濡らすな、波は沖に居れ」と言って、夕潮を退《しりぞ》ける。すると波は屏風《びょうぶ》を立てたように左右に分かれ、海底の砂は平らになった。

こゆるぎの——「磯」にかかる枕詞。「めさしぬらすな」差す潮で女をぬらすな。「め」は「女」であり「和布《め》」でもある。

長門《ながと》の国（山口県）早鞆《はやとも》の明神で、大晦日の夜、神職《しんしょく》が和布《め》（若布《わかめ》）を刈って、神前に供える「和布《め》刈《か》りの神事」の最中、老人と若い女が礼拝に来る。神職が素性《すじょう》を聞くと初め二人は、この浦の漁夫と海女《あま》だと答えるが、しばらく海の神話を物語った後に、女は雲に乗って去り、一方、老人は海中に消える。

夜ふけて明るい月のもと、妙《たえ》なる音楽と香りのただよう中に天女が現れて舞う。すると今度は嵐となり、天地鳴動《めいどう》する中に竜神が現れて、右の文のような情景となる。

砧《きぬた》

面白《おもしろ》の折《おり》からや。頃《ころ》しも秋《あき》の夕《ゆう》つ方《かた》。
牡鹿《おしか》の声《こえ》も心凄《こころすご》く、見《み》ぬ山風《やまかぜ》を送《おく》り来《き》て、梢《こずえ》はいづれ、一葉《ひとは》散《ち》る。
空《そら》すさまじき月影《つきかげ》の、軒《のき》の忍《しの》ぶにうつろひて、
露《つゆ》の玉《たま》だれかかる身《み》の、思《おも》ひをのぶる夜《よ》すがらかな。

なんと深い趣きでしょう。折しも秋の夕暮れどき、牡鹿の泣く声も心寂しく、（その声が）目に見えない山の風を運んで来て、どの梢からか、ひとひらの葉を散らす。荒涼たる空から月の光が軒下《のきした》を耐え忍ぶ忍ぶ草に映《は》え、露の玉は玉のすだれが懸かったかのよう。それは私のような（薄幸な）者の思いを晴らし、夜どおし心を慰めてくれる。

都に上ったきり三年も帰らない夫を待つ妻のところに使いが来て、「暮れには帰る」と伝える。妻が使いの者に語るには、「むかし漢の蘇武《そぶ》という人が胡国《ここく》に抑留《よくりゅう》されたとき、夫を慕う故郷の妻がやぐらの上で砧《きぬた》を打つと、蘇武の夢に故郷の砧の音が聞こえたという。」その夜、この妻もまた砧を打つ。（三五ページ参照）
引用文は、妻が砧を打ち始める前に切ない胸の内をのべた謡である。秋の夕暮は寂しいが、軒下《のきした》の暮しを忍んでいる忍ぶ草（シダ類）の露の玉すだれが月光にきらめくさまは、恨みがましい思いを晴らし、これから始める徹夜の砧打ちを慰めてくれる、と言う。

旅《たび》の衣《ころも》は篠懸《すずかけ》の、露《つゆ》けき袖《そで》やしをるらん。
鴻門楯破《こうもんたてやぶ》れ、都《みやこ》の外《ほか》の旅衣《たびころも》、日《ひ》も遥々《はるばる》の越路《こしじ》の末《すえ》、思《おも》ひやるこそ遥《はる》かなれ。

安宅《あたか》

旅の衣は（山伏の）篠懸《すずかけ》の衣だ。袖が鈴をかけたような露に濡《ぬ》れてくたくたになる。鴻門の（楯《たて》は高祖を守ったが、我らの）楯は破れて（主君義経を守ることができず）、都を出て旅立つことになった。日数をかけてはるばる北陸道の先まで行く旅は、思っただけでも遠い、遥かな道だ。

篠懸《すずかけ》――山伏が白衣の上に着る麻の衣。　鴻門《こうもん》――漢の高祖と楚《そ》の項羽《こうう》が会見した所。会見のおり、項羽の家来が高祖の暗殺を意図して剣舞《けんぶ》を舞ったが、高祖の家来が楯で主君を守った。

源義経が兄頼朝に謀反《むほん》の疑いをかけられ、追われる身となった。弁慶以下主従《しゅじゅう》十二人は、山伏姿に身をやつして都から奥州《おうしゅう》（東北）に下るところである。この引用文は、義経を除く一行がうたう最初の謡《うたい》で、歌舞伎「勧進帳《かんじんちょう》」などにも受け継がれている。

この能のシテは弁慶で大活躍をするが、主君は義経で弁慶のはるか上に位する。こういう場合に能は上位の人を、清冽《せいれつ》な印象を与える子方《こかた》（少年の演者）にする。

心《こころ》ばかりは勇《いさ》めども、勇《いさ》みかねたる痩馬《やせうま》の、あら道《みち》おそや。急《いそ》げども、急《いそ》げども、弱《よわ》きによわき柳《やなぎ》の糸《いと》の、よれによれたる痩馬《やせうま》なれば、打《う》てどもあふ《お》れども、さきへは進《すす》まぬ足弱車《あしよわぐるま》の、乗《の》り力《ちから》なければ追《お》ひかけたり。

わしの心だけは奮《ふる》い立つのだが、奮い立てない痩《や》せ馬の、何というのろさだ。いくら急いでも、体も気も弱くて、まるで糸柳さながらの、糸もよれよれの痩せ馬だから、鞭《むち》で打っても、障泥《あおり》を打っても先へ進まない。まるでぼろ車同然で、馬が人を乗せる力がないから、（わしが馬から下りて馬を）追い立てた。

あふ《お》れども——「あおる」は馬の腹の障泥《あおり》（泥よけ）を鐙《あぶみ》（足乗せ）で打つ意。

佐野源左衛門《さののげんざえもん》は吹雪の夜、旅僧のために大切な鉢の木を火にくべた（五八ページ参照）。後日鎌倉の執権《しっけん》北条時頼《ほうじょうときより》から関東の重臣たちに招集がかかり、源左衛門も上州（群馬県）から馬で駆けつける。しかし何年も世捨て人のように暮していたから、長刀《なぎなた》はさび、馬は右の文のようなていたらく。それでも家臣としての忠節心はさびてはいない。

源左衛門が鉢の木で暖をとらせた旅僧は、修行中の北条時頼であった。鎌倉の館《やかた》で時頼は返礼として、また忠節心の褒賞《ほうしょう》として、三カ所の荘園を源左衛門に与える。

能・謡曲の特色

能とその台本の謡曲には、ほかの芸能や文学と違う特色がいくつかあって、なぜこうなのだろうと首をかしげるようなことにしばしば出くわす。その代表的なものを四つ挙げて解説し、理解と鑑賞の一助としたい。

一、和歌の力

謡曲では、仏教を尊重するのと同じくらい和歌を尊重する。和歌の引用が多いだけでなく、中には「蟻通《ありどおし》」や「西行桜《さいぎょうざくら》」などのように、一首の和歌を核として、その回りを物語で肉付けして出来た作品もある。和歌がふしぎな力を発揮する曲も多い。たとえば「俊成忠度《しゅんぜいただのり》」では、薩摩守忠度《さつまのかみただのり》の亡霊が地獄の責め苦に逢っているとき、帝釈天《たいしゃくてん》が忠度の生前詠んだ歌、

「さざ波や志賀の都はあれにしを昔ながらの山桜かな」

について思い返し、感銘を覚えて、忠度を苦しみから開放してやる。これは和歌が神仏を動かした例である。

「六浦《むつら》」にはこんな話がある。ある中納言が、一本だけ美しく色づいた楓《かえで》の木を見て、

「いかにしてこの一本《ひともと》に時雨《しぐれ》けん山に先立つ庭の紅葉葉《もみじば》」

と詠じたところ、この木は感動して、りっぱな和歌をいただいたのだから、これからは遠慮していようと、その後は紅葉しなくなったという。これは、和歌が樹木の心を動かした例である。

歌人たちが和歌に神秘的な力があると信じたのは、おもに、十世紀の『古今和歌集』の二つの序文、「仮名《かな》序」と

「真名序《まな》」による。この二つの序文の内容は大部分共通していて、和歌の効用、ことに和歌の神秘的な徳が力説されている。「仮名序」から一部、現代語で引用してみよう。

「力を用いることなく天地の神々を感動させ、目に見えない恐ろしい神にも情緒を喚起し、ひびの入った男女の仲をも和らげ、荒々しい武士の心をも慰めるのは、和歌である。」

この強い信念はどうして生まれたのだろう。

日本には古来、言葉の力を国家・文化の繁栄をもたらす偉大なものと信ずる「言霊《ことだま》」思想があって、その信念は『万葉集』などにうたわれているが、さらに、中国最古の詩集『詩経《しきょう》』（紀元前四世紀までに集成）には、

「（詩は）天地を動かし、鬼神《きじん》を感動させる」

といった言葉があって、これが詩歌の神秘視に拍車をかけたのであった。

『古今和歌集』が世に出ると、これは勅撰の詩集であったから、和歌をはじめ仮名文学は公認のお墨付きをいただいたわけで、それまで主流だった漢詩文をしのぐ勢いを見せはじめる。十世紀、十一世紀にかけて、『後撰和歌集』『枕草子』『拾遺《しゅうい》和歌集』『源氏物語』『和漢朗詠集』などがあい次いで登場する。

このうち『和漢朗詠集』はその名のとおり、和歌と漢詩の名作を収録したもので、旧勢力と新勢力が仲よく同居している。さらに二世紀ほど後の十三世紀には、和歌の言葉と漢語が優雅に溶け合った和漢融合文が発達して、これが謡曲の文章の母体となる。

能役者としても謡曲創作者としても、室町時代随一だった世阿弥《ぜあみ》は、漢詩文や和歌をよく勉強していて、創作に用いたが、また同時に、彼は能役者たちに和歌の勉強を奨励した。謡曲の地の文は和漢融合文で書かれているが、その中に多数の古歌や漢詩が活用されていて、もとの和歌や漢詩への連想を喚起し、立体的な情感をかもし出している。

二、神と仏と人間と

偉大な文学には偉大な思想が必要である。偉大な西洋文学がキリスト教のもとで成立したように、江戸時代までの偉大な日本文学は仏教の影響を受けている。

能で代表的なのは「夢幻能《むげんのう》」で、夢幻能の大体の筋書きは、死後もまだこの世への未練や恨みを抱いている人の亡霊が登場して、ありし日の体験を語り、旅僧の供養によって成仏することを願う、という内容のものである。

悟《さと》りに達した仏を「如来《にょらい》」といい、悟りを目指す修業者を「菩薩《ぼさつ》」というが、これら諸仏の力は絶大なもので、人間を救済して極楽浄土に導くのみならず、木石《ぼくせき》さえも成仏させると信じられていた。

古来、日本では神話の神々が信仰の対象となっていた。神話は八世紀に『古事記』として集大成され、その中から「天《あめ》の岩戸」「大蛇退治《おろちたいじ》」など、有名な話が謡曲にも採られている。しかし六世紀に渡来した仏教はしだいに国内に浸透して、神話の神々を圧倒する。そして平安時代には、この両者の調和を求めて「神仏習合」という思想が生まれる。

神仏習合ではまず、神々を同一の神の異なった現れ方と考える。謡曲ではしばしば、

「木守《こもり》の神も、勝手《かって》の神も、蔵王権現も、同じ神の分身で、呼び名は異なっても同体異名《いみょう》の神である。」（「嵐《あらし》山《やま》」）

というような、もろもろの神を同一視する文章にお目にかかる。

この「同一視」は、神と仏の関係にも及ぶ。次のような文も珍しくない。

「神と言ったり仏と言ったりするが、それはただ水と波の違いであって、人間を救済する手段としての呼び名に

すぎない。」（「養老《ようろう》」）

神仏を同一視するといっても、人間を罪から救って極楽浄土に導いてくれるという仏たちの方が、神話の神々よりもありがたく、頼りがいがあった。そこで生まれたのが「本地垂迹《ほんじすいじゃく》」の思想である。

古代ギリシアの哲学者プラトンは、万物はその本質である「イデア」が物体となって出現したものだと説いたが、これと似た理論が考え出された。

如来や菩薩は「本地《ほんじ》」（本質、本体）であり、神話の神々は、本地が人間を救うために衆生《しゅじょう》に「垂迹《すいじゃく》して」（降下し近づいて）顕現《けんげん》したものだとする。たとえば、蔵王権現の本地は釈迦《しゃか》如来であり、春日明神の本地は慈悲万行《じひまんぎょう》菩薩だという。

「本地垂迹」とよく似た言い方に「和光垂迹」「和光同塵《どうじん》」がある。これは如来や菩薩が、そのあまりに強烈な光を和らげて人間世界まで降下したり、俗塵に混じって人間を教化したりするという意味である。謡曲「江口」では、普賢《ふげん》菩薩がなんと遊女に身をやつしている。

このような仕方で、古来の神々と外来の仏たちの調和が進んで行くと、「宮寺《みやでら》」「神宮寺《じんぐうじ》」「八幡《はちまん》大菩薩」といった、一見矛盾した言い方が、何の抵抗もなく広まって行き、謡曲にも入って来る。

三、物狂い

能には、物狂いの曲と言われるものが十五曲ほどある。そういう曲のシテは、大なり小なり常識を逸脱したところがあるが、物狂いといっても、けっして狂人ではない。

物狂いの行動のうち、もっとも特徴的なものは、大道芸人のような舞い謡いである。ふつうの人が道や広場でうたったり踊ったり、大道芸を見せたりしたら異様な感じがするので、これを「狂う」と称したのである。物狂いになる原因は、恋人や夫と長らく会えなかったり、わが子が行方不明であったり、また過去の栄光に未練が捨て切れなかったり、というように、大切なものを失って心に空洞が出来ている情況である。このうち、子を探す母親の物狂いがいちばん多い。

多くの能は舞を見せ場とする。舞い謡いを職業とする白拍子《しらびょうし》も舞うが、公卿《くげ》や武士も舞い、神様も舞い、天人も舞い、そして物狂いの男女も舞う。このうち物狂いの女の舞は、いわば満たされぬ心を舞うもので、物悲しい色香のただよう舞である。このように物狂いは、能のきわめて重要な舞台効果を生む手段となる。

物狂いのもう一つの特徴は、多弁・冗舌《じょうぜつ》である。探し求めている人物への思慕の念を語り、恨み言を述べる。旅の体験や印象を語り、人と口論もし、冗談も言う。しかも言葉は俗に陥ることなく、品位を保っている。また、和漢の広い教養を持ち、仏道に明るく、洗練された感性の持主である。

貴族や、名のある武士ならともかく、中世の一介の庶民、それも女性が、古歌や漢詩を思うがままに口にし、歴史や故事に言及し、仏道を説くなど、常識から言って、ありえないことである。

しかし能はそもそも、現実を再現するリアリズムとはちがった芸能である。表現の一切が優雅であることを至上とし、鬼であろうと幽霊であろうと、貴族であろうと漁夫であろうと、武士であろうと乞食であろうと、それなりに上品かつ優雅でなければならない。優雅であるためには、装束《しょうぞく》や持物も、舞も仕草《しぐさ》も、清らかに美しくなければならない。口にする言葉も、音感的に美しいだけでなく、知性と感性が光り、聖なるものを志向する言葉であってはじめて、優雅と言えるのである。こうして、能の理念的性格が、物狂いにも教養や信仰を与えているのである。

四、子方

能では少年の演者を子方《こかた》と呼んでいる。

子供の役を子供が演ずるのは、演劇上普通のことで、特に言うことはない。はじめて能を見たとき意外に思い、考え込んでしまうのは、大人の役を子供が演ずる姿である。

能という音楽劇はシテ（主役）の独壇場で、シテの舞や所作《しょさ》を一曲の最大の見せ場として、舞台上のすべての営みがこの一点に集中する。ワキ（シテの対話相手）もツレ（シテやワキの補佐役）も、シテを生かすように演技する。ところが、ツレの方がシテよりも遥かに身分が高かったり、神聖なものだった場合、シテの舞台効果を盛り上げながら、一方においてツレの高尚さや神秘性を観客に訴えなければならない。ここに能独特の「子方」というものが考案された。

能「国栖《くず》」「花筐《はながたみ》」「草紙洗《そうしあらい》」などでは、天皇の役を少年が演ずる。劇的にめざましい働きをするシテを盛り立てながら、天皇は気品を漂わせていなくてはならない。まだ大人社会の汚れに染まっていない、けなげな少年こそ、この役にふさわしいのである。

「安宅《あたか》」「舟弁慶《ふなべんけい》」などでは、源義経を子方が演ずる。子方はシテの弁慶や静御前《しずかごぜん》の活躍を盛り立てつつ、その主君としての気品と権威を感じさせる存在となる。

「正尊《しょうぞん》」では子方の静御前が舞い、また「皇帝」では病気で座ったままの楊貴妃《ようきひ》を子方が演ずる。どちらも舞台に咲いた可憐な花で、清らかに美しい。

「昭君《しょうくん》」のシテは、漢から胡国へ貢ぎ物として贈られた絶世の美女で、舞台には死後の仙界の人として登場する。その世俗を超越した清浄な姿は、子方ならではである。

そもそも子方は観客の目を引きやすい。大人の中に少年が混じっていると、みずみずしくて、それだけでも特別の存在感がある。いわんや、子供が大人に扮《ふん》するとなると、意外性があって「花」（新鮮な美しさ）を感じさせ、一つの舞台効果を生む。

世阿弥は、『風姿花伝《ふうしかでん》』の十二、三歳の役者の稽古について説明した箇所で、「少年の姿は花があって優雅であり、声も張りが出てくる。この二つが力となって、持ち前のよさが舞台に効果的に現れる」と言っている。世阿弥流に言えば、この少年に本来備わった美点すなわち「花」が、大人を演ずる子方の持ち味となる。

＊本書執筆にあたって利用させていただいた参考書を、感謝をこめて列挙します。

辻直四郎他訳『インド集』（筑摩書房　一九五九）
伊藤正義校注『謡曲集』上・中・下（新潮社　一九八八）
折口信夫著『日本芸能史六講』（講談社　一九九一）
目加田誠著『詩経』（講談社　一九九一）
小西甚一著『日本文学史』（講談社　一九九三）
山折哲雄著『日本人と浄土』（講談社　一九九五）
小西甚一著『中世の文芸』（講談社　一九九七）
小山弘志・佐藤健一郎校注・訳『謡曲集』１・２（小学館　一九九七〜九八）
西野春雄・羽田　編『能・狂言事典』新訂増補版（平凡社　一九九九）

あとがき

私と能のかかわりは、昭和二十年代後半、小西甚一先生の国文学講義で能の美学を拝聴したことに始まります。私は英文科在籍で、けっしていい学生ではなかったと思いますが、それでも先生の広い視野と、要点を鋭く捕えたご見識に動かされました。

能楽堂に足を運ぶようになったのも、先生にすすめていただいたからで、今は亡き野口兼資《かねすけ》、観世華雪《かせつ》、喜多六平太《ろっぺいた》（十四世）といった名人たちの舞台を見て、それぞれに磨ぎ澄まされた美に目を見張りました。かけがえのない記憶の宝物です。ワキ方の宝生弥一の大らかさ、松本謙三の緻密さ、狂言方の野村万蔵の豪快さなども記憶に残っています。それからおよそ三十年の間、仕事の関係で能楽から遠ざかっていましたが、定年退職してからは、積年の欲求不満を爆発させて、能楽堂に足を運び、謡いを習い始め、参考書を頼りに謡い本を読み通し、能楽関係の研究書に啓発され、気づいたことを書き留めたり、『ビブリア』誌に発表したりしてきました。

本書はそんな道程の中から生まれたもので、謡曲の名句・名文をページごとに読み切る形で紹介しながら、作品解説の一端も行なおうと欲張りました。能・謡曲への水先案内のつもりで書きましたが、若い方々も楽しんでいただけたでしょうか。まだすでに能に十分親しんでおいでの方々にも、少しは得る所があったでしょうか。もしそうでしたら、望外の喜びです。

至らぬところが多々あろうかと思いますので、お気付きの点についてご教示いただけたら幸いに存じます。

最後になりましたが、出版を快諾してくださった大修館書店のかたがた、特に緻密な編集を遂行してくださった池澤正晃氏に心から感謝申し上げます。

二〇〇五年六月一日

森山泰夫

せっしょうせき（殺生石）134
せったい（摂待）62
せみまる（蟬丸）64・107
せんじゅ（千手）21
そうしあらい（草紙洗）3
そとばこまち（卒都婆小町）146

た　行

だいえ（大会）130
たえま（当麻）150
たかさご（高砂）8・9・122
ただのり（忠度）4
たつた（竜田・立田）99
たにこう（谷行）71
たむら（田村）6
ちくぶしま（竹生島）10
つねまさ（経政）79
ていか（定家）37
てんこ（天鼓）67・81
とうがんこじ（東岸居士）65
どうじょうじ（道成寺）45
とうせん（唐船）54
とうぼく（東北）133
とおる（融）94
とくさ（木賊）74
ともえ（巴）157
ともなが（朝長）131
とりおい（鳥追）164

な　行

なにわ（難波）143
にしきぎ（錦木）38・123
にしきど（錦戸）70
ぬえ（鵺）170
ののみや（野宮）110

は　行

はごろも（羽衣）16・63・166
はじとみ（半蔀）18
ばしょう（芭蕉）148
はちのき（鉢木）58・174
はながたみ（花筐）43
はんじょ（班女）29・30
ひがき（檜垣）119
ひばりやま（雲雀山）68
ひゃくまん（百万）168
ふじだいこ（富士太鼓）96
ふじと（藤戸）141
ふなばし（船橋）136
ふなべんけい（舟弁慶）32・158
ほうかぞう（放下僧）83
ほうじょうがわ（放生川）139

ま　行

まきぎぬ（巻絹）5
まつかぜ（松風）14・47
まつむし（松虫）15
みいでら（三井寺）104・105
みちもり（通盛）117
むつら（六浦）31
めかり（和布刈）171
もとめづか（求塚）17・46
もみじがり（紅葉狩）153
もりひさ（盛久）111

や　行

やしま（八島）　113
やまんば（山姥）　135
ゆぎょうやなぎ（遊行柳）　147
ゆや（熊野）　53
ようきひ（楊貴妃）　34・114
ようろう（養老）　156
よしのしずか（吉野静）　87
よりまさ（頼政）　103
よろぼうし（弱法師）　140

索　引

あ　行

あおいのうえ（葵上）112
あしかり（芦刈）90
あたか（安宅）61・173
あつもり（敦盛）60・159
あま（海人）75
あやのつづみ（綾鼓）48
あらしやま（嵐山）97・137
ありどおし（蟻通）98
いづつ（井筒）33
いわふね（岩船）23
うかい（鵜飼）115
うげつ（雨月）12
うたうら（歌占）116
うとう（善知鳥）154
うねめ（采女）49
うめがえ（梅枝）50
うんりんいん（雲林院）95
えぐち（江口）82・124
えびら（箙）26
えま（絵馬）129
おいまつ（老松）155
おうむこまち（鸚鵡小町）126
おしお（小塩）25
おばすて（姨捨）13
おはらごこう（大原御幸）20
おみなめし（女郎花）165
おろち（大蛇）162

か　行

かきつばた（杜若）39
かげきよ（景清）19・69・125
かげつ（花月）84
かしわざき（柏崎）73・145
かすがりゅうじん（春日竜神）149
かずらき（葛城）120
かなわ（鉄輪）44
かねひら（兼平）108
かも（加茂）142
かもものぐるい（賀茂物狂）11・91
かよいこまち（通小町）41・42
かんたん（邯鄲）22
ぎおう（祇王）86
きぬた（砧）35・172
きよつね（清経）40
きんさつ（金札）163
くず（国栖）66・76
くまさか（熊坂）167
くらまてんぐ（鞍馬天狗）59
くろづか（黒塚）144
けんじょう（絃上・玄象）80
こうてい（皇帝）169
こかじ（小鍛冶）88
こごう（小督）36
こそでそが（小袖曾我）55

さ　行

さいぎょうざくら（西行桜）7
さくらがわ（桜川）24
さねもり（実盛）121・132
さんしょう（三笑）92
しが（志賀）161
じねんこじ（自然居士）85
しゃっきょう（石橋）160
しゅんかん（俊寛）109
しゅんねい（春栄）72
しょうき（鍾馗）118
しょうくん（昭君）56
しょうじょう（猩々）89
すまげんじ（須磨源氏）93
すみだがわ（隅田川）57
せいがんじ（誓願寺）138
せきでらこまち（関寺小町）106

[著者略歴]

森山泰夫（もりやま やすお）
1930年、新潟県生まれ。東京教育大学文学部英語英文学科専攻卒業。
山形大学教授、群馬県立女子大学教授を経て、現在、同大学名誉教授。
[主な著訳書]
『T. Sエリオット 荒地・ゲロンチョン』（共訳注、大修館書店 1972）
『T. Sエリオット 四つの四重奏曲』（訳注、大修館書店 1980）
『英米名詩の新しい鑑賞―叙情詩の七つの型』（三省堂 1993）
『ハウスマン全詩集』（共訳注、沖積舎1999）
〈謡曲関係〉
「謡曲に見る和歌の超絶性」（『ビブリア』32号、1999）
「能における物狂いの特質」（『ビブリア』33号、1999）
「謡曲のユーモア」（『ビブリア』34号、2000）
「平田＝フェノロサ訳、パウンド修成『錦木』」（『ビブリア』35号、2000）
「英訳『錦木』の特徴」「フェノロサ他による英訳謡曲の成立」（『ビブリア』36号、2001）
「平田＝フェノロサ訳、パウンド修成『羽衣』」（『ビブリア』37号、2001）
「平田＝フェノロサ訳、パウンド修成『熊坂』『景清』」（『ビブリア』38号、2002）
「鐘のうた」（『ビブリア』39号、2002）
「花づくしなど―列挙の面白味」（『ビブリア』40号、2003）
「謡曲二考―〈自己紹介のさまざま〉〈擬声語の面白さ〉（『ビブリア』41号、2003）
「謡曲の素材としての音楽」（『ビブリア』42号、2004）
「謡曲の名文」（『ビブリア』43～45号、2004～2005）

読《よ》んで味《あじ》わう能《のう》の名句《めいく》

NDC912 192p 21cm

初版第1刷―――2005年6月20日

著　者―――森山泰夫《もりやまやすお》
発行者―――鈴木一行
発行所―――株式会社大修館書店
〒101-8466 東京都千代田区神田錦町3-24
電話 03-3295-6231（販売部） 03-3294-2354（編集部）
振替 00190-7-40504
[出版情報] http://www.taishukan.co.jp

装丁者―――小林厚子／カバー写真 森田拾史郎
印刷所―――広研印刷
製本所―――三水舎

ISBN4-469-22170-8 Printed in Japan